FOLIO CADET

Traduit de l'anglais
par Alice Marchand

Maquette : Light Motif

ISBN : 97820706010204
Titre original : *Digory the Dragon Slayer*
Édition originale publiée par Bloomsbury Publishing Plc., Londres, 2005

N° d'édition : 146895
Loi n° 49-956 du 16 juillet 1949 sur les publications destinées à la jeunesse
Dépôt légal : février 2007
Imprimé en Espagne par Novoprint (Barcelone)

Angela McAllister

Amaury, chevalier malgré lui

illustré par Ian Beck

GALLIMARD JEUNESSE

Pour Sam – A.M.

Pour Lily – I.B.

■ CHAPITRE 1 ■■■

IL Y A TRÈS, TRÈS LONGTEMPS

Il y a très, très longtemps, à l'époque des preux chevaliers, vivait un garçon qui s'appelait Amaury. Il habitait dans un village sans histoires et il était un tout petit peu plus âgé que toi.

Amaury avait des jambes maigres, les cheveux roux et un nez en forme de chipolata. Ce qui lui valait l'affection des garçons du village.

– Mollets de coq ! lui criaient-ils.

– Fil de fer !

– Oh, tête de citrouille !

– Hé, face d'abricot !

– Amaury le bêta riquiqui !

– T'as une lance de jouteur à la place du pif !

– Nez en saucisse !

Amaury mettait un chapeau de feutre pour dissimuler ses cheveux carotte mais il ne pouvait pas cacher son nez, alors il se tenait à l'écart du village et passait ses journées à jouer tout seul dans la forêt.

Il adorait la forêt. Certains jours, il construisait des barrages et des cabanes dans les arbres. D'autres jours, il jouait avec un bâton en pensant à des trucs. Ne va pas croire qu'il se sentait seul, car il avait un ami qui le suivait partout : un vieux luth usé qui avait appartenu à son père et qu'il transportait en bandoulière sur son dos. Quand Amaury pensait à un truc intéressant, il en faisait une chanson, grimpait dans un arbre et chantait pour les moineaux.

Mais dans sa famille, personne ne le comprenait. Ses frères aînés, Arthur et Tom, étaient grands et forts, et n'avaient peur de rien. Arthur avait gagné des prix de saut de cochon et Tom était le champion de lancer de navets du village. Les seuls trucs auxquels ils pensaient concernaient généralement la course avec les taureaux et le bras de fer, et ils ne connaissaient que des chansons à boire, qu'il fallait hurler à tue-tête en se versant une grande cruche de bière sur la tête.

Le seul moment où Arthur appelait Amaury, c'était pour faire le guet pendant qu'il volait des pommes, et le seul moment où Tom avait besoin d'Amaury, c'était pour ramasser les flèches après son entraînement de tir à l'arc.

Même sa sœur Frédégonde, capitaine de l'équipe de jeter de boue des Pucelles Crasseuses, ne le supportait pas.

– Tu nous casses les oreilles ! criait-elle chaque fois qu'il jouait du luth, et elle

s'enfonçait un panier sur la tête. Quand il n'était pas dans la forêt, Amaury traînait autour de l'atelier de sa mère, Bérangère la forgeronne, dans l'espoir qu'elle le remarque. Mais personne n'entendait Amaury pincer les cordes et chanter, à part son père.

– Tu connais ta mère, fiston, disait-il gentiment en accrochant le linge. Elle aime le métal, le feu, la sueur et les muscles. Elle ne s'intéresse pas tellement aux pensées ou aux chansons.

– Sauf aux chansons sur le métal, le feu, la sueur et les muscles ! cria sa mère depuis la forge, en frappant son marteau sur l'enclume.

Mais les chansons d'Amaury ne parlaient pas de ça. Elles comportaient des strophes du genre :

Voyez les joyeux cygnes explorer l'eau
qui dort

Dans les douves ondoyantes autour
du château fort.
Oyez des nymphéas les soupirs incrédules
Sous les baisers fugaces des libellules !

Personne n'avait envie d'écouter ça. Alors la famille d'Amaury le laissait flâner avec les animaux de la forêt en jouant ses chansons pour lui-même, en touillant les ruisseaux avec un bâton et en pensant à des trucs.

UN PETIT MALENTENDU

Amaury ne rencontrait jamais trop de problèmes dans la forêt. Parfois, un gland lui tombait sur la tête. Parfois, il marchait dans un tas de crottes de sanglier. Mais un jour, il trouva quelque chose qui provoqua un petit malentendu. Quelque chose qui changea sa vie pour toujours. Si bien qu'il aurait largement préféré marcher dans un tas de crottes de sanglier à la place.

Amaury avait passé toute la matinée à bâtir un pont en brindilles sur un ruisseau. Content de lui, il s'assit et déballa son pique-nique. Mais, en croquant dans un friand au pissenlit, il remarqua un objet blanc et luisant sur la mousse de la berge. Amaury s'approcha pour l'inspecter de plus près. C'était une grosse dent pointue.

« D'où vient-elle ? se demanda-t-il en la ramassant. C'est peut-être une dent de lapin… » Mais elle était bien trop grosse pour venir d'un lapin. « Alors peut-être que c'est une dent de sorcière, songea-t-il, une sorcière qui pourrait essayer de m'ensorceler avec ! » Mais il se rappela que les sorcières ont toujours les dents pourries, et celle-ci était toute blanche et bien aiguisée.

Soudain, une angoisse lui dressa les cheveux sur la tête. « Et si c'était une dent de géant ? pensa-t-il en tremblant. Peut-être que ce géant n'est pas très loin, en plus… peut-être que je suis assis sur le bout de sa botte en cuir vert en ce moment-même ! »

Amaury n'osa pas regarder derrière lui. Mais il tremblait tant qu'il se piqua sur la dent. En enveloppant son doigt blessé dans un mouchoir, il se mit à rire. « Espèce de gros bêta ! se dit-il en gloussant. C'est bien trop pointu pour être une dent de géant. Elle a dû appartenir à un animal… une très grosse bête… une très grosse bête féroce… quelque chose d'aussi énorme et d'aussi féroce qu'un DRAGON ! »

Amaury décida que c'était là sa meilleure déduction. « Oui, c'est très certainement une dent de dragon », conclut-il, et il rangea cette idée dans un coin de sa tête. Puis, après tous ces efforts de réflexion, il engloutit une grosse part de gâteau au miel et un sachet de bonbons aux mûres.

Quand il eut terminé son pique-nique, Amaury composa une chanson intitulée : « La vérité sur la dent ». À vrai dire, c'était loin d'être sa meilleure création, mais les paroles allaient bien avec une mélodie qui lui trottait dans la tête depuis des jours, alors il en fut très content.

Plus tard dans l'après-midi, tandis qu'il flânait sur le chemin, Amaury rencontra Cabochon Cagneux, le gardeur d'oies, qui conduisait ses bêtes au marché.

– À mon avis, la petite souris ne va pas remarquer cette molaire tout là-haut sur ton chapeau, commenta Cabochon en ricanant. Tu ferais mieux de la mettre sous ton oreiller quand tu arriveras chez toi.

– Cette dent n'est pas à moi, expliqua Amaury en souriant à Cabochon pour montrer qu'il ne lui en manquait pas. C'est une dent de dragon !

À la mention du mot « dragon », les genoux de Cabochon se mirent à trembler. Il inspira vivement et bafouilla :

– Oooh ! Saperlipopette ! Ne dis pas un mot de plus, Amaury ! Tu vas faire tellement peur aux oies qu'elles n'auront plus que la peau sur les os quand on arrivera au marché !

Le pauvre Cabochon semblait si impressionné qu'Amaury ne put se retenir :

– DRRRRAAAGONS ! cria-t-il en agitant les bras comme un dément.

Et, en moins de temps qu'il n'en faut pour dire « bête comme une oie », Cabochon et ses oiseaux avaient filé sur le chemin.

LES NOUVELLES VONT VITE

Quand Amaury rentra chez lui cet après-midi-là, tous les habitants du village le regardèrent avec de grands yeux. Ils pointèrent son chapeau du doigt en s'échangeant des coups de coude et des messes basses. Au début, Amaury, occupé à fredonner pour lui-même sa chanson sur la dent, ne remarqua rien. Puis quelqu'un poussa un cri admiratif. Des gens revenus du marché en courant se mirent à applaudir et à siffler. Amaury commençait à se sentir mal à l'aise. Il se retourna. Non, personne de Très Important n'arrivait à cheval derrière lui. C'était donc bien lui que tout le monde acclamait, y compris les garçons du village !

Les gens sortaient de leur échoppe ou de leur maison pour le regarder passer.

– Pour Amaury, hip, hip, hip, hourra ! criait la foule.

– Amaury a tué le dragon !

Les enfants sautillaient pour toucher son chapeau.

– Regardez cette dent ! Cabochon a dit vrai, Amaury nous a débarrassés du dragon ! Hourrah, nous sommes sauvés !

Amaury comprit enfin ce qui se passait.

– Mais… mais… vous avez tout compris de travers ! protesta-t-il. J'ai juste trouvé cette dent, je n'ai même pas *vu* de dragon !

Il était inutile de discuter, pourtant. Personne ne l'écoutait. Amaury se retrouva soulevé sur les épaules de la foule et porté comme un héros jusqu'à la place, où tout le village s'était rassemblé et où le duc Bedaine en personne attendait.

Amaury faisait toujours son possible pour éviter le duc Bedaine. Le duc arborait un gilet jaune et une moustache noire et, pour lui, un comportement amical consistait à vous donner de grandes tapes dans le dos. Amaury aurait voulu s'enfuir, mais il n'avait aucun endroit où se cacher. Le duc approcha son gros visage moustachu du nez du garçon et le scruta d'un air perplexe.

– C'est *lui* ? demanda-t-il à la foule.

Tous les villageois répondirent en chœur dans un cri enthousiaste :

– OUI ! C'est lui !

Alors, le duc prit Amaury par la main et, inévitablement, lui donna une grande tape amicale dans le dos (lui coupant le souffle et cabossant son luth par la même occasion).

– Bien, bien, bien, fit le duc, amusé. Qui aurait cru que ce petit rouquin sauverait à lui tout seul notre village du dragon !

– Du dragon assoiffé de sang ! s'écria un jeune laboureur parmi la foule.

– Du dragon écumant, grondant et assoiffé de sang ! vociféra le boucher.

– Du dragon écumant, grondant et assoiffé de sang qui vous déchire la chair et vous concasse la carcasse ! renchérit une vieille dame d'une voix chevrotante, au fond.

Les villageois l'approuvèrent bruyamment.

Mais tous ces commentaires écumants et déchirants donnèrent le tournis à Amaury.

– Un discours, un discours ! scanda la foule.

Le duc poussa Amaury devant lui. Tous les villageois se turent pour écouter ce que le garçon avait à dire. Amaury fixa leurs visages excités d'un air hébété.

– Je crois… je crois… je… eeeeuuuuh…

Il chancela, s'écroula et s'évanouit sur-le-champ.

À cet instant, sa mère arriva. Elle se fraya

un chemin parmi la foule avec un tison brûlant.

– Place, place ! Où est mon fils ? Où est mon petit Amaury ?

Et, d'un seul mouvement de ses bras puissants, elle souleva Amaury de terre, le secoua pour le dépoussiérer et le hissa sur son épaule au milieu des vivats de la foule.

– Vous pouvez être très fière de votre fils, Bérangère, déclara le duc. C'est un grand héros. Il a sauvé ce village du dragon écumant, grondant et assoiffé de sang qui vous déchire la chair et vous concasse la carcasse. Nous allons donner un banquet en son honneur. Tiens, nous allons même le faire chevalier ; nous le nommerons sire Amaury l'exterminateur de dragons !

La mère d'Amaury afficha un sourire plus ardent qu'un brasier et une larme brûlante crépita sur son visage.

– Voilà bien mon fiston ! dit-elle avec fierté, en reniflant. Je ne savais pas qu'il était capable de prouesses.

Dans son tablier de cuir, elle fit la révérence au duc et ramena Amaury à la maison pour le plonger dans le tonneau d'eau froide.

PARENTHÈSE SUR L'INTELLIGENCE

Le village d'Amaury s'appelait Toqué-les-Nouilles, ce qui vous donnera peut-être une idée du genre d'individus qui habitaient là. À Toqué, personne n'avait jamais fait quelque chose d'intelligent.

Un soir, Jacobée le fermier avait vu une étoile filante tomber dans la mare, mais il eut beau pêcher toute la nuit, il ne l'attrapa jamais. Marguerite la vachère, de son côté, prétendait savoir parler à ses bêtes, mais ce que les vaches avaient à dire n'intéressait personne, alors cela n'impressionnait pas tellement les autres.

Les habitants de Toqué pensaient que le duc Bedaine était l'homme le plus intelligent du village, tout simplement parce que c'était le duc. Mais aucun d'entre eux n'était assez intelligent pour mesurer son intelligence. Et le duc lui-même (à supposer qu'il était réellement intelligent) ne connaissait personne de plus intelligent que lui pour s'y comparer, alors comment aurait-il pu savoir ? Enfin, vous voyez le tableau.

Donc, quand Amaury rentra au village avec une dent de dragon sur son chapeau, personne n'y réfléchit très longtemps. Il n'y avait jamais eu de tanière de dragon aux environs de Toqué-les-Nouilles, mais ce détail leur sortit de la tête. Pourtant, c'était vraiment le pire endroit possible pour les dragons. Il n'y avait pas de grotte dans les rochers, la forêt était malingre et clairsemée, et il pleuvait presque tous les jours, ce qui n'est pas bon pour l'haleine flamboyante de ces bêtes-là. Qui aurait peur d'un dragon qui souffle juste de la vapeur par les narines ?

Mais vous comprenez, il faut être intelligent pour savoir ce genre de choses.

Alors, quand les habitants de Toqué virent une dent qui, d'après la rumeur, venait d'un dragon, ils ne doutèrent pas un instant qu'on leur avait épargné un sort épouvantable.

UN JOUR DE DÉPRIME

On convint donc d'organiser un banquet en l'honneur d'Amaury, avec une cérémonie pour le faire chevalier. Il eut beau protester, personne ne se laissa dissuader. Quand il essayait d'expliquer la vérité, les gens pensaient juste qu'il se montrait modeste, ce qui le faisait paraître d'autant plus héroïque.

Arthur et Tom étaient très jaloux que leur petit frère ait combattu un dragon. Ils essayèrent de forcer Amaury à leur en parler en lui tordant le bras de douze manières différentes, mais tout aussi douloureuses. Pourtant, comme il n'y avait rien à raconter, Amaury ne souffla pas un mot. Ils finirent par abandonner et serrèrent sa pauvre main engourdie avec admiration.

– Tu es un mec bien, frère Amaury, dirent-ils. Personne n'aime les gens qui se vantent de leurs exploits. Tu mérites d'être chevalier. Nous sommes fiers de toi.

Ainsi, il gagna même le respect de ses frères intrépides et costauds.

Mais le pauvre Amaury ne voulait pas être chevalier. D'ailleurs, il ne savait même pas ce que les chevaliers sont censés faire.

Il posa la question à son père, qui ramassait des œufs dans le jardin. Son père s'assit et se gratta la tête.

– Euh… commença-t-il, hésitant. Je peux te dire ce que fait le boulanger, ou même le meunier, mais je n'ai jamais rencontré de chevalier, fiston. Il paraît que les chevaliers sont toujours valeureux.

– Oh ! Ça n'a pas l'air très agréable, la vie de chevalier, commenta Amaury d'un ton morose.

Son père l'approuva.

(Pauvre Amaury ! Il se serait peut-être senti mieux s'il avait compris *valeureux*, qui signifie « bon, honorable et courageux », et non *malheureux*. Mais ce n'était pas le pire...)

– Bref, continua son père, quand ils se sentent bien valeureux, ils sillonnent le pays à cheval pour sauver les damoiselles en détresse.

Le cœur d'Amaury se serra. Il ne connaissait qu'une seule damoiselle : Frédégonde, et ce n'était pas le genre de damoiselle à se trouver en détresse. Au contraire, on aurait pu dire que Frédégonde et ses copines *elles-mêmes* semaient quelque détresse dans le village avec leurs matchs de jeter de boue et leurs jeux déchaînés, ravageurs. Amaury s'efforçait toujours de fuir la détresse quand elle survenait.

– Ah, oui, se rappela son père, tu devras sans doute aussi épouser une princesse. Ça, ce ne sera pas si terrible, hein, fiston ?

Une princesse ? Beurk ! Amaury fut

encore plus désespéré. Il essaya d'imaginer Frédégonde un peu débarbouillée, avec une couronne sur la tête, mais cela ne fit que le déprimer davantage. Le cœur lourd, il partit dans les bois.

En traînant les pieds dans les feuilles, Amaury repensa à tout ce qui s'était passé. « Comment ai-je pu m'empêtrer dans une situation pareille ? se demanda-t-il en soupirant. Je menais une vie toute simple, un genre de vie à la Amaury, avec des chansons, des arbres et des pique-niques. Et maintenant, me voilà forcé de partir faire le *malheureux* chevalier qui recherche la détresse. Oh, comme je regrette d'avoir ramassé cette dent dans la forêt ! »

Il grimpa dans un chêne et composa une chanson triste intitulée : « Un jour de déprime ».

Pendant ce temps, la mère d'Amaury prit son marteau et lui fabriqua une armure avec les morceaux de métal qui traînaient dans la forge. L'armure était à peu près à la bonne taille, mais elle grinçait et elle avait un truc dans le dos qui ressemblait étrangement à une poignée d'arrosoir. La plus grande réussite de Bérangère était le casque : elle avait soudé la dent de dragon au sommet !

Quand Amaury revêtit l'armure, il faisait froid et moite à l'intérieur. « Pas de doute, je vais être bien *malheureux* dans ma tenue de chevalier », songea-t-il, morose. Mais sa mère était si fière qu'elle alla jusqu'à lui faire un câlin. (Malheureusement, Amaury ne sentit rien du tout dans sa combinaison métallique.)

– Oh, ça te va comme un gantelet, mon fils ! soupira-t-elle gaiement. J'aurais peut-être dû ajouter quelques centimètres de métal en plus pour les pieds, mais ça n'a pas d'importance, personne ne remarquera tes solerets quand tu seras sur ton cheval.

Comme leur nom l'indique, tous les chevaliers ont besoin d'un cheval pour leurs aventures. Le duc Bedaine offrit généreusement un fidèle destrier à Amaury. Avoine était un cheval de trait et s'y connaissait autant en aventures qu'Amaury s'y connaissait en chevalerie. Elle était vieille et douce, mais sourde comme un pot. (« Au moins, comme ça, elle n'entendra pas les chansons d'Amaury ! » songea Bérangère pour elle-même.)

AMAURY CHEVALIER ?

Le grand jour arriva. À son réveil, Amaury se pinça, mais il ne rêvait pas. Il regarda Arthur et Tom qui ronflaient allègrement, comme de joyeux phacochères. « Et si je filais en douce, tout simplement ? se dit-il. Personne ne me regretterait vraiment. Ils pourraient nommer Arthur chevalier à ma place. Il serait bien plus doué que moi pour les *malheureux* exploits… »

Amaury n'eut pas besoin de réfléchir très longtemps pour décider que la fuite était une excellente idée, en effet. Discret comme une souris, il écrivit un petit mot au duc Bedaine, lui expliquant qu'il souhaitait que son frère Arthur soit adoubé chevalier à sa place.

Puis il emballa tout ce qu'il possédait dans son plus beau mouchoir et l'accrocha au bout d'un bâton. Il chuchota un adieu à son père endormi, puis sortit silencieusement de la maison pour s'échapper. Mais sur le pas de la porte, il rencontra Bérangère, qui avait veillé toute la nuit pour polir son armure.

– La bave et la graisse de coude, il n'y a rien de mieux ! lança-t-elle, rayonnante. C'est le plus beau jour de ma vie aujourd'hui, mon fils. Tu m'as rendue aussi fière qu'une grande cloche de cuivre !

Le pauvre Amaury sourit faiblement. Impossible de s'enfuir après un compliment pareil, n'est-ce pas ?

Le duc Bedaine ayant décrété que cette journée serait fériée, le village était décoré de fleurs et de drapeaux et l'auberge servait de la bière et du rôti de porc gratuitement.

À midi, une procession arriva devant la maison d'Amaury. Bérangère marqua le départ de son fils d'un coup sonore sur son enclume et Amaury partit dans son armure qui grinçait, sur le dos de son vieux percheron édenté, se faire adouber par le duc Bedaine.

Sur la place, les autres villageois l'attendaient impatiemment. Une clameur enthousiaste accueillit Amaury quand il arriva, mais le duc n'était toujours pas là. Ils attendirent et attendirent encore. Amaury ferma les yeux et souhaita de tout son cœur que le duc ait changé d'avis et soit parti à la pêche à la place. Malgré tout, le duc finit par arriver, extrêmement agité, le visage rouge et la moustache tombante.

Les villageois se turent. Ils voyaient bien que quelque chose n'allait pas.

– Grumpf ! commença le duc. Mesdames, mesdamoiselles et messires, mes amis…

euh... en vérifiant la procédure officielle pour adouber un chevalier, j'ai bien peur que nous soyons tombés sur un os, la duchesse et moi.

Il agita sa moustache d'un air désolé.

Perplexes, les villageois se pressaient vers l'avant pour entendre.

– Il semblerait... c'est-à-dire... d'après les textes... euh... eh bien... que seul un roi puisse adouber un chevalier !

Tout le monde lâcha un hoquet horrifié – sauf Amaury, qui poussa un énorme soupir de soulagement. « Ouf, je suis sauvé ! Il était moins une ! » songea-t-il.

– Je suis désolé, Amaury, dit le duc Bedaine. Ce ne serait pas réglementaire, sachant que je suis seulement duc, tu comprends.

Les villageois se mirent à grommeler et à huer. Ils étaient très déçus.

Mais la mère d'Amaury n'avait pas passé une semaine à fabriquer une armure pour rien.

– Seulement duc, mon œil ! cria-t-elle en sautant sur un tonneau. Ce n'est pas un problème, ça. Nous vous ferons roi, et ensuite vous pourrez reprendre l'adoubement.

Avec force acclamations, le village tout entier convint que cela résolvait parfaitement le problème.

Le cœur d'Amaury se serra de nouveau.

– Je n'ai pas trop de travail à la forge en ce moment, continua Bérangère, je peux fabriquer une couronne pour mardi. En attendant, le chapeau d'Arthur fera très bien l'affaire.

Donc, sans plus attendre, le duc fut couronné roi Bedaine de Toqué-les-Nouilles et sa première mission royale fut d'exécuter la cérémonie d'adoubement.

Amaury mit pied à terre et s'agenouilla devant le roi, qui le tapota doucement avec une épée sur les deux épaules.

– Levez-vous, sire Amaury l'exterminateur de dragons, dit le roi d'un ton solennel sous son chapeau royal.

Tout le monde l'acclama et reconnut qu'il faisait un roi drôlement utile.

Les habitants de Toqué étaient ravis ; ils n'avaient jamais eu tant de choses à fêter d'un seul coup. Les troubadours jouèrent, les jeunes filles dansèrent et tout le monde se jeta sur le grandiose banquet.

Maintenant que la cérémonie était terminée, au milieu de tous ces ébats gastronomiques et musicaux, personne ne remarqua sire Amaury, qui s'éloigna discrètement à cheval sur Avoine avec son luth dans le dos.

Une seule personne lui courut après sur le chemin, en agitant une grande cruche de bière dans une main et un soufflet dans l'autre.

– Bonne chance, mon fils ! lança gaiement Bérangère. Va donc vivre tes aventures ! Combats les dragons et épouse une princesse ! Et n'oublie pas de graisser tes articulations une fois par semaine !

■■■ CHAPITRE 2 ■

ÉVITER LES ENNUIS

Amaury sillonna la campagne en long et en large. Il avait l'habitude de passer ses journées tout seul, mais sa famille lui manqua vite. Et bientôt, même les garçons du village lui manquèrent.

– Personne ne m'avait dit que ce serait si solitaire, la vie de chevalier, soupira-t-il.

Avoine hennit en secouant sa crinière mitée comme si elle comprenait.

– On ne peut pas rentrer avant que j'aie réalisé quelques exploits, Avoine, lui expliqua tristement Amaury. On se fera peut-être des amis au cours de nos aventures…

En attendant, il n'y avait rien d'autre à faire que chercher de bonnes actions à accomplir tout en s'efforçant d'éviter les dragons, les damoiselles en détresse et les princesses en quête d'un mari.

Toutefois, cette dernière tâche se révéla particulièrement ardue pour Amaury. Dès le début de son périple, des princesses se mirent à apparaître dans tous les coins. Elles bondissaient de derrière un arbre et se peignaient les cheveux devant lui, ou soupiraient du haut d'une tour en faisant mine d'être des damoiselles en détresse. Amaury finit par comprendre que les princesses ne faisaient rien d'autre qu'attendre que des chevaliers passent par là !

Chaque fois qu'il en rencontrait une, Amaury ne savait pas quoi dire. « De quoi ça parle, les filles ? » se demandait-il en mettant pied à terre et en s'inclinant dans un grincement.

Il pensa à sa sœur Frédégonde. Elle était capable de passer des heures à décrire avec amour vingt sortes de boue et la manière de les jeter. Il essaya donc ça. Mais il ne rencontra jamais une seule princesse qui s'intéresse un tant soit peu à la boue, ni même aux écureuils, aux cabanes dans les arbres ou aux barrages sur les ruisseaux. Chaque princesse ne souhaitait qu'une chose : qu'on l'admire et lui dise qu'elle était la plus merveilleuse, la plus belle, la plus éblouissante, la plus magnifique créature de tout le pays.

Voyant qu'on ne leur parlait que de boue, les princesses se rendaient compte qu'on n'allait pas du tout les admirer et partaient à grands pas furieux, le menton levé.

Amaury avait vu Frédégonde jeter rageusement des poignées de boue après avoir perdu un match avec les Pucelles Crasseuses, mais il n'avait *jamais* rien vu d'aussi terrifiant qu'une princesse vexée.

Avant peu, le pauvre Amaury eut bien

Château
Pont-levis

plus peur de rencontrer une princesse que de trouver un dragon sur sa route !

Par chance, sire Amaury l'exterminateur de dragons ne trouva jamais de dragon sur sa route. Chaque fois qu'il voyait la moindre volute de fumée tourbillonner au-dessus des arbres, il faisait demi-tour et partait dans l'autre sens, juste au cas où ce serait la trace des flammes crachées par un dragon. « Inutile de prendre des risques, se disait-il en aparté. Je ne voudrais pas effrayer Avoine ! »

PUIS, UN MATIN...

Un matin, alors qu'Amaury allait au pas sur un chemin jonché de feuilles, en grinçant et fredonnant pour lui-même, il entendit soudain un grondement de tonnerre. Il leva les yeux vers le ciel, mais il n'y avait pas un seul nuage de pluie en vue. Puis le sol trembla et des flammes jaillirent bien haut au-dessus des arbres, devant lui.

– Un dragon ! s'écria-t-il, affolé.

Il descendit précipitamment d'Avoine et lui fit faire demi-tour. Puis il remonta tant bien que mal et talonna le vieux percheron pour qu'il accélère l'allure.

– Je crois que je vais me diriger vers le nord ce matin, dit-il tout haut, au cas où quelqu'un l'observerait. (Il est vrai que les chevaliers sont censés se diriger vers les dragons, et non dans la direction opposée.)

Avec un soupir, Avoine partit au trot.

LE ROYAUME DU ROI BIDULE

Au nord, Amaury trouva un château perché sur une colline, avec des tourelles blanches et un verger à ses pieds. Il n'y avait aucune trace de dragon et aucune princesse en vue nulle part. « Ça m'a l'air plutôt sûr », pensa Amaury, qui avait faim à présent.

Alors il gravit la colline au trot en direction du château, avec sa dent de dragon qui luisait dans les rayons du soleil, en s'efforçant de paraître intrépide et courageux et chevaleresque.

Quand Amaury traversa les douves et franchit la porte de la forteresse, il s'aperçut que tout portait un écriteau avec son nom dessus : « pont-levis », « enceinte », « cour ». Même les gens avaient des bouts de papier accrochés dans le dos : « bouffon », « veilleur », « gardien du donjon ».

Amaury fut accueilli par un vieil homme affublé d'une plume derrière l'oreille et d'une étiquette disant : « étiqueteur ».

– Dites-moi, s'il vous plaît, pourquoi tout a un écriteau ? demanda Amaury après avoir annoncé son titre complet.

En grognant, l'étiqueteur se mit à fouiller dans sa charrette à la recherche d'un très long bout de papier.

– C'est Sa Majesté, expliqua-t-il en aiguisant sa plume. Le roi Bidule a une très mauvaise mémoire des noms. Il se souvient des dates, il n'oublie jamais l'anniversaire de quiconque, mais il s'embrouille un peu quand il s'agit des noms. Un jour, il a mis toute la matinée à se rappeler que ses machins bleus douillets s'appelaient des « chaussons » et il n'a pas pu sortir du lit avant que la reine ait deviné ce qu'il voulait. On perdait beaucoup de temps à cause de ce problème, vous comprenez. Alors maintenant, tout porte une étiquette… y compris vous !

Là-dessus, il présenta une longue banderole qui affichait « sire Amaury l'exterminateur de dragons » et un vieux bout de papier disant simplement « cheval » pour Avoine.

AMAURY RENCONTRE LE ROI BIDULE

Une fois dûment étiqueté, Amaury put être présenté au roi. Les choses se passaient ainsi chaque fois qu'un chevalier arrivait dans un château. Amaury aurait préféré qu'on le présente d'abord au boulanger ou au fabricant de brioches, mais non : les affaires des chevaliers devaient toujours passer avant les repas.

Le roi Bidule était dans la salle du trône, en train de jouer aux billes.

Amaury annonça son nom.

– Y a-t-il des choses à accomplir pour votre service, sire ? demanda-t-il poliment.

– Eh bien, c'est très aimable à vous de le proposer, mon garçon, répondit le roi avec un sourire. Vous arrivez pile au bon moment. En fait, la… euh… la…

Il se gratta la tête d'un air confus.

– Oh, vous savez, la… comment ça s'appelle, déjà ?

Amaury n'avait aucun moyen de deviner ce que le roi essayait de se rappeler.

– J'ai bien peur de l'ignorer, Votre Majesté, dit-il patiemment (en songeant avec dépit qu'il ne verrait sans doute pas de brioche ou de cuisse de poulet avant un bon moment).

– Oh, flûtation ! s'exclama le roi, de plus en plus énervé.

Puis, à la grande surprise d'Amaury, il se mit à arpenter la salle du trône à pas lents, en inclinant la tête devant des gens invisibles et en tendant la main pour qu'on la baise.

– Vous avez compris, maintenant ? lança le roi avec espoir. C'est la grande machinchouette…

– Ah, vous voulez dire la reine, Votre Majesté ? suggéra Amaury.

– Oui, oui, merci, dit le roi. La reine, la reine, il faut *absolument* que je me souvienne de ce mot, marmonna-t-il pour lui-même. Bref, où en étais-je ? Ah oui : la reine et moi avons dressé ce matin une liste de petites choses à faire au château.

Là-dessus, il sortit un long rouleau de parchemin d'une poche intérieure de sa cape.

Amaury le considéra d'un œil horrifié.

– J'avais prévu de m'y mettre cet après-midi, expliqua le roi, mais si vous n'avez rien de mieux à faire, je vous en serais furieusement reconnaissant.

Amaury remercia le roi. La liste commençait par :

1. Aller délivrer le chat de la cuisinière.

Il se mit donc en quête des cuisines.

Guidé par son nez, Amaury ne mit pas longtemps à trouver les cuisines du château, car une délicieuse odeur de pain fraîchement sorti du four en émanait. Au milieu d'un tourbillon d'activité boulangère, il repéra la cuisinière, plongée dans les gâteaux et la pâte à tarte jusqu'au col de son tablier. Amaury resta figé sur le seuil à contempler les plateaux de miches dorées. Il avait une terrible envie de passer commande : « S'il vous plaît, puis-je avoir… » Mais il se contenta de déglutir tristement.

– Y a-t-il un chat à délivrer ? demanda-t-il.

– Oui, ma petite Citrouille ! s'exclama la cuisinière.

Elle agita les bras, tout excitée, saupoudrant tout le monde de farine.

– Suivez-moi, messire chevalier.

La cuisinière entraîna Amaury dans le potager, dépassa des rangées de baies et des ruches, puis déboucha dans le verger, où un minuscule chaton terrifié était coincé dans la fourche d'un pommier.

– Voilà ma petite Citrouille, gémit la cuisinière. Elle est là-haut depuis mercredi. Même quand je lui propose une soucoupe de lait, elle ne descend pas.

Amaury, bien sûr, grimpait aux arbres aussi facilement qu'un écureuil. Il monta et identifia aussitôt le problème.

– Son étiquette est coincée dans une branche, dit-il doucement.

Il tendit la main et libéra Citrouille. Pour son plus grand plaisir, elle lui dégringola dans les bras et lui lécha la figure avec gratitude.

La cuisinière fut si contente de retrouver son chaton sain et sauf qu'elle ramena Amaury dans les cuisines, posa une nappe sur la table et lui servit un énorme ragoût de mouton avec des raviolis.

Quand Amaury eut terminé sa troisième assiette, le reste de la liste du roi Bidule ne lui paraissait plus si terrible.

Il entreprit donc d'accomplir de bonnes actions dans tout le château. D'abord, il polit l'armure du roi, puis abattit un vieil arbre du verger qui menaçait de tomber sur des mirabelliers. Quand ce fut fait, il déboucha le puits en y récupérant deux seaux rouillés, un pantalon, une poêle à frire et un pot de chambre.

Pendant tout l'après-midi, Amaury répara

ceci et raccommoda cela. À l'heure du thé, il avait faim et mal partout, mais il était content de son travail. La dernière chose à faire sur la liste du roi était de mettre une nouvelle poignée sur la cloche du fabricant de brioches. Amaury reçut en échange un panier de brioches et de petits pains aux groseilles pour la route. Mais il ne pouvait pas s'en aller sans exécuter deux autres devoirs de chevalier. Il trouva le roi Bidule en train de se lécher les doigts dans le potager, sous un panneau usé qui disait : « figues ».

JUSTE UNE DERNIÈRE CHOSE...

– Bravo, sire chevalier ! s'exclama le roi avec gratitude quand il apprit que toutes les tâches à accomplir étaient terminées. Que puis-je faire pour vous en retour ?

– Je n'ai besoin de rien, sire, à part du foin pour mon cheval, répondit Amaury. Mais avant tout, je dois vous demander si vous avez ici des damoiselles en détresse qui ont besoin d'être sauvées ?

Amaury croisa les doigts derrière son dos, en priant pour que toutes les damoiselles du pays soient en train de prendre le thé paisiblement à cet instant.

Mais le roi hocha la tête.

– Oh, oui, nous en avons des centaines ici.

Amaury n'en crut pas ses oreilles.

– Nous voulions en faire de la confiture, vous comprenez… poursuivit le roi. Mais attendez une minute…

Il s'interrompit et regarda Amaury d'un air hésitant.

– Votre mémoire doit être aussi mauvaise que la mienne. Les mirabelles étaient bien en détresse, mais c'est réglé depuis que vous avez coupé cet arbre dans le verger. Avez-vous oublié que vous les avez déjà sauvées, mon ami ?

Et il offrit une figue à Amaury.

Amaury poussa un soupir de soulagement. La perspective de sauver des centaines de damoiselles en détresse l'avait horrifié… même si c'était pour en faire de la confiture ! Il décida de ne plus mentionner les damoiselles. Mais il restait un dernier petit problème : la question des princesses à marier…

Amaury n'avait vu aucune trace de princesse dans le château du roi Bidule. Pas de peigne dans le puits ni de pantoufle de vair égarée dans le verger. Il était donc certain de pouvoir bientôt reprendre la route tranquillement avec son panier de brioches.

– Je suppose que vous n'avez pas de filles, Votre Majesté ? souffla-t-il tout bas derrière sa figue, dans l'espoir que le roi ne l'entende même pas.

– Oh là là, je me doutais bien que vous me demanderiez ça, soupira le roi. Oui, j'ai une fille, une seule. Elle s'appelle Aliénor.

Le cœur d'Amaury tomba dans ses solerets en métal et son estomac mécontent gargouilla bruyamment.

Le roi croqua une nouvelle figue d'un air songeur et fit signe à Amaury de s'approcher.

– Je sais que vous cherchez toujours une princesse à épouser, vous autres les chevaliers, mais j'ai bien peur qu'Aliénor ne soit pas une princesse comme les autres, expliqua-t-il à voix basse. Pour être honnête, elle est discrète, simple et *originale*, sire Amaury. Jamais elle ne passerait toute la journée assise dans une tour à peigner ses longs, euh…

– Cheveux ? suggéra Amaury.

– Ah, oui, cheveux ! répéta le roi avec un sourire reconnaissant. Ce n'est pas le genre à peigner ses longs cheveux dorés toute la journée comme les autres filles. En vérité, ses cheveux ne sont même pas longs ni dorés. Ils sont d'un brun boueux et ils sont dressés sur sa tête comme… euh…

– Des vagues écumantes ? avança Amaury. Des boucles d'ange ?

Le roi plissa le nez dans une grimace et agita les doigts au-dessus de son crâne.

– Dressés sur sa tête, Amaury, comme un… comme un hérisson, vous voyez ! Et je dois vous avouer qu'elle refuse aussi de rester dans une tour. Elle aime mieux escalader ces trucs avec des branches et des feuilles et jouer du buccin toute la journée. Pour tout vous dire, elle préfère largement discuter

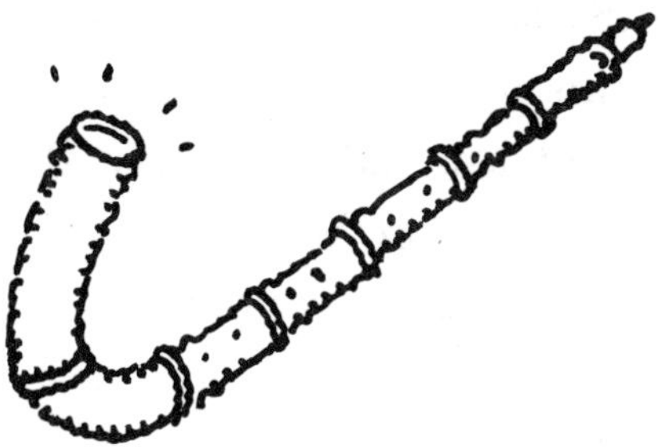

avec les blaireaux et les écureuils plutôt qu'avec un noble et preux chevalier, quel qu'il soit.

Le roi rougit, gêné.

– Nous l'aimons beaucoup malgré tout, vous savez. Pour autant que nous sachions, peut-être qu'elle est en avance sur son temps et que sa coupe de cheveux sera la dernière mode un jour.

Il redressa sa couronne.

– C'était fort chevaleresque de votre part de me poser la question, sire Amaury. Je sais que c'est votre devoir, à vous autres. Mais je ne pense pas qu'Aliénor soit le genre de princesse que vous cherchez.

Le roi prit le bras d'Amaury et le reconduisit vers la cour où Avoine était attachée.

– Je pourrais plutôt vous offrir un… vous savez, un tagadap-tagadap, musette de picotin et tout le tralala, proposa-t-il avec espoir. Ce serait plus avantageux pour vous…

– Formidable, répondit Amaury.

– Parfait, parfait, reprit le roi, ravi.

Qu'est-ce que vous préférez ? Un grand galopeur gauche ou une jolie jument jaune ?

– Non, non ! coupa Amaury en sautillant. C'est la princesse qui me paraît formidable…

Le roi Bidule était tellement stupéfait de l'entendre dire ça qu'il recula d'un pas et tomba dans l'abreuvoir !

LA PRINCESSE ALIÉNOR

Pendant que les jeunes palefreniers remettaient le roi Bidule, tout dégoulinant, sur ses pieds, Amaury s'expliqua.

– Votre Altesse, toutes les autres princesses sont si belles et si imposantes que je ne sais jamais quoi leur dire. Voyez-vous, je suis le fils d'une forgeronne. Je n'ai jamais eu particulièrement envie de rencontrer des princesses, de toute façon.

– Vous avez bien raison, mon garçon, l'approuva le roi en essorant sa barbe. Ce sont des pimbêches, de nos jours.

Amaury s'enhardit :

– En revanche, Votre Majesté, j'aime bien grimper dans les trucs avec des branches et des feuilles, j'adore jouer du luth et je préfère largement discuter avec les blaireaux et les écureuils, moi aussi !

– Vraiment ? souffla le roi Bidule, ahuri. Vous aimez faire exactement les mêmes choses ?

Le roi eut un air pensif et, soudain, Amaury se sentit tout gêné.

– Eh bien, vous avez travaillé dur pour moi toute la journée afin de me débarrasser de ma liste de choses à faire, déclara le roi en lui souriant aimablement. Demain, nous avons prévu, euh… un machin qui met de l'herbe dans les sandwichs, vous savez… ?

– Un pique-nique ! s'écria Amaury.

– Oui, exactement, un pique-nique. Venez donc avec nous, ce sera l'occasion de rencontrer Aliénor !

Et ce fut donc convenu.

Ce soir-là, Amaury composa une chanson pour Aliénor, avec un refrain spécial pour buccin qu'elle pourrait jouer. Voilà qu'ici, il avait enfin trouvé quelqu'un qui aimait les mêmes choses que lui ! Pour la première fois, Amaury se rendit compte qu'il n'avait jamais eu d'amis. Il était tellement excité qu'il n'arrivait pas à dormir. Alors il s'assit sur une botte de paille dans la cour baignée par le clair de lune et joua du luth à Avoine toute la nuit. Avoine, qui n'entendit pas la moindre note, dormit paisiblement en rêvant de poires bien mûres et juteuses.

LE PIQUE-NIQUE

Le lendemain, le rêve d'Avoine se réalisa. Le pique-nique avait lieu dans le verger, sous des arbres marqués de l'inscription « poires » !

Amaury arriva dans son armure fraîchement graissée. Il trouva le roi en train de jouer à saute-mouton avec une dame qui portait l'étiquette « reine », mais ne vit de princesse nulle part.

Déçu, il se sentit de nouveau intimidé. « Elle a dû m'entendre chanter cette nuit… Je parie qu'elle se cache quelque part avec un panier sur la tête », songea-t-il tristement.

Il se rappela que les garçons du village le taquinaient à cause de ses cheveux roux, de ses jambes maigres et de son long nez en chipolata. « J'ai vraiment été idiot de croire qu'Aliénor aurait envie de me rencontrer ! » se dit-il.

Mais soudain, une poire lui tomba sur la tête, suivie d'une autre. Amaury leva les yeux. Là, assise dans l'arbre au-dessus de lui, il y avait une fille brune coiffée comme un hérisson qui tenait un buccin en équilibre sur son genou.

Amaury n'eut pas besoin de lire son étiquette pour savoir que c'était la princesse Aliénor !

– Montez donc, sire Amaury, dit la princesse. Il y a de la place pour deux.

Je ne me fatiguerai pas à vous raconter tout ce qui se passa ensuite. Aliénor avait entendu dire qu'Amaury avait sauvé le chat de la cuisinière et qu'il avait accompli beaucoup de bonnes actions pour son père. Ils furent bientôt plongés dans une conversation sur les luths et les buccins, accompagnée de moult éclats de rire et friands aux navets. Aliénor était incollable sur la musique, les animaux et les arbres, et avait pensé à beaucoup de trucs auxquels Amaury avait pensé aussi.

– Je n'avais jamais rencontré quelqu'un comme toi, Amaury, dit-elle avec un sourire.

Amaury songea à sa cérémonie d'adoubement orchestrée par le roi Bedaine, à Avoine le cheval de trait et à l'armure artisanale de Bérangère.

– Je suppose que je ne suis pas comme les chevaliers qui viennent ici d'habitude, répondit-il.

– Mais c'est justement parce que tu es différent que tu me plais, répliqua la princesse. Des tas de chevaliers viennent dans notre château ; ils se pavanent, se vantent de leur force et de leur courage, parlent d'aventures et de périlleux exploits. Aucun d'entre eux ne serait assez délicat pour sauver un chat, et ils ne deviennent jamais mes amis parce qu'ils sont bien trop occupés à galoper autour des douves pour s'asseoir à mes côtés et discuter avec moi.

– Oh, moi, ce qui me plaît le plus, c'est de discuter avec toi, lui assura Amaury. Et je suis incapable de galoper où que ce soit ! ajouta-t-il avec franchise.

– Tant mieux ! dit Aliénor.

Et, le temps que le pique-nique se termine, Amaury et la princesse étaient devenus amis.

ET SI C'ÉTAIT TROP BEAU POUR ÊTRE VRAI ?

Amaury resta donc au château du roi Bidule tout l'été. La princesse Aliénor et lui passèrent de longues heures radieuses à construire des cabanes dans la forêt, à jouer de la musique en duo, à faire des pique-niques et à penser à des trucs ensemble.

Aliénor montra à Amaury où vivaient les blaireaux et il lui montra comment faire un barrage sur un ruisseau et comment fabriquer un pont en brindilles.

Le samedi, Amaury effectuait de bonnes actions pour le roi et, le dimanche après-midi, Aliénor faisait semblant d'être une damoiselle en détresse et Amaury la sauvait.

Puis, un après-midi, le roi Bidule le convoqua dans la salle du trône. La reine et la princesse étaient assises à ses côtés, l'air sérieux et solennel.

« Oh là là, pensa Amaury, personne ne sourit. Est-ce que j'ai fait quelque chose de mal ? » Il essaya de deviner ce que cela pouvait être.

La semaine précédente, il avait fait plusieurs choses moyennement bien, deux ou trois choses qui auraient dû être faites autrement, et une chose difficile qu'il avait abandonnée en plein milieu. Mais rien de tout ça n'était aussi grave que le visage sévère du roi.

– Es-tu heureux ici, Amaury ? commença la reine.

– Oh, oui ! répondit Amaury. Très heureux, Votre Altesse.

– Tu es avec nous depuis longtemps maintenant, sire chevalier, reprit le roi en se caressant la barbe d'un air songeur, et nous sommes enchantés de ton amitié avec la… euh… mmh… tu sais… la machin-chouette coiffée comme un hérisson…

Aliénor se tourna pour que son père puisse voir son étiquette.

– Ah, oui, Aliénor. C'est ça, ma chérie. Joli prénom, joli prénom…

La reine toussota pour rappeler au roi de ne pas perdre le fil. Amaury sentit sa gorge se nouer. Il avait un mauvais pressentiment.

– Bref, il se trouve que nous n'avons jamais eu de garçon, continua le roi, et tu étais comme un fils pour nous cet été. Tu nous manquerais terriblement si tu partais faire de bonnes actions ailleurs…

Amaury était certain que le mot suivant serait « mais ».

– Donc, conclut le roi, nous aimerions que tu restes avec nous et que tu sois notre prince… Tu ferais un excellent prince.

Amaury crut qu'il avait mal entendu. Il était si stupéfait qu'il fut incapable de répondre. Le roi se pencha vers lui pour lui chuchoter à l'oreille :

– En fait, c'est Aliénor qui a eu l'idée. Ne la déçois pas, Amaury. Nous aimerions tous que tu restes.

Amaury n'arrivait toujours pas à parler, mais il hocha frénétiquement la tête jusqu'à ce qu'Aliénor lui pince le nez.

– Gros bêta ! Ta tête va se décrocher si tu continues, prince Amaury ! dit-elle en riant. Allons fêter ça avec un feu d'artifice !

Et ce fut tout.

ENFIN PRESQUE...

Sauf que, bien sûr, ce n'est jamais si simple, vous le savez bien, surtout dans les histoires : il y a toujours autre chose…

CHAPITRE 3

AURIONS-NOUS OUBLIÉ QUELQUE CHOSE ?

Amaury était enchanté de pouvoir rester avec sa meilleure amie, Aliénor. Il n'était pas sûr de vouloir devenir prince, mais il était très content de ne plus avoir à mener une vie errante en quête de damoiselles, de dragons et d'exploits chevaleresques. « Je vais immédiatement écrire à maman pour lui annoncer que je vivrai heureux pour toujours, décida-t-il. Peut-être qu'elle viendra me rendre visite... »

Mais, alors qu'Amaury aiguisait sa plume, le roi Bidule frappa à la porte.

– Désolé de te déranger, mon grand, dit le roi en se grattant la tête. Il y a une petite chose que j'ai oubliée, semble-t-il.

Amaury espéra qu'il ne mettrait pas aussi longtemps à se rappeler cette petite chose que sa paire de chaussons.

– Je devais te demander, euh... marmonna le roi Bidule.

– Est-ce que ça concernait les luths ? demanda Amaury avec espoir.

Mais le roi avait complètement oublié et fut incapable de lui donner le moindre indice. Amaury suggéra tout ce qui lui passa par la tête, de A jusqu'à Z, mais le roi séchait toujours, alors ils appelèrent Aliénor et la reine. Une fois tous réunis, ils essayèrent de rafraîchir la mémoire du roi.

– Voulais-tu connaître sa taille de couronne, chéri ? suggéra la reine.

– Ou peut-être que tu voulais jouer au morpion ? essaya Aliénor.

Mais le roi secoua vigoureusement la tête. Cela n'avait certainement rien à voir ni avec les couronnes ni avec les morpions. Le chambellan fut convoqué, ainsi que le bouffon. Même la cuisinière tenta de trouver ce que le roi avait oublié.

Ils jouèrent aux devinettes tout l'après-midi, laissant même passer l'heure du thé. C'était *bien pire* que pour les chaussons.

– Allons, de quel genre de chose s'agissait-il, chéri ? soupira la reine, qui était dans son bain quand le roi l'avait appelée et qui sentait venir un éternuement.

– Quelque chose... quelque chose qui avait un rapport avec... les épouvantails, je crois, dit enfin le roi.

Soudain, il éclata de rire.

– Bien sûr, quel vieil imbécile ! C'était un détail sans importance, excusez-moi de vous avoir dérangés pour si peu.

Ils poussèrent tous un soupir de soulagement.

– Il ne s'agissait pas d'épouvantails, mais d'écailles ! continua le roi en riant. J'avais juste oublié de parler du dragon à notre brave Amaury !

LE DÉTAIL SANS IMPORTANCE

Le roi Bidule reprit :

– J'avais juste oublié de lui dire que, puisqu'il va devenir notre prince, il devra tuer le dragon. C'est de la simple routine pour les chevaliers. Aucun problème pour un exterminateur de dragons comme toi !

Sentant ses genoux faiblir, Amaury dut s'asseoir.

– Mais… mais… mais… bafouilla-t-il, tel un robinet qui goutte.

– Aaaaatchoum ! interrompit la reine mouillée. Tout ça pour un dragon !

Et elle retourna en frissonnant dans son bain.

Amaury prit une profonde inspiration.

– De quel… dragon en particulier s'agit-il, Votre Altesse ? demanda-t-il faiblement, en retrouvant sa voix.

– Il y a un dragon dans une grotte à la lisière de notre forêt, expliqua le roi. On l'appelle l'Horrible Grincent Crachefeu le Rôtisseur. Maintenant que tu vas être notre prince, cela ne te gênera pas de tuer le dragon, n'est-ce pas ? Sinon nous devrons trouver un autre chevalier, et ça me paraît un peu idiot maintenant que tu es là.

– Nous pensons qu'il n'y a qu'un seul dragon, ajouta Aliénor.

– Très juste, ma chérie, acquiesça le roi en serrant la main d'Amaury. Il n'y en a probablement qu'un… En général, tout au moins, il n'y en a pas plus de deux. Tu as dû le remarquer… Enfin, quoi qu'il en soit, tue-les tous, ça vaut mieux. Maintenant, quelqu'un veut-il une coupe de… vous savez… cette chose qui fait glousser ?

Et cette fois, ce fut tout.

LA ROUTINE POUR LES CHEVALIERS

Le pauvre Amaury, tout exterminateur de dragons qu'il était, fit le tour des remparts en se demandant quoi faire. Il n'avait jamais rencontré de problème aussi épineux dans sa vie. Ah, ce qu'il aurait aimé redevenir le bon vieux Amaury tout simple d'autrefois – celui qui touillait le ruisseau de Toqué-les-Nouilles avec un bâton et qui n'avait aucun besoin d'être courageux ni *malheureux*, ni de combattre des dragons écumants, grondants et assoiffés de sang qui vous déchirent la chair et vous concassent la carcasse !

Mais ensuite, il pensa à Aliénor. S'il rentrait chez lui maintenant, il serait triste sans son amie. Et pendant qu'il pensait à Aliénor, quelque chose d'étrange se produisit : Amaury commença à se sentir un tout petit peu courageux. Alors il continua de penser à elle. Il pensa à elle très fort tout l'après-midi et, à l'heure du thé, il se sentait presque vaillant ; à l'heure du dîner, il était carrément hardi, et à l'heure du coucher, il était assez intrépide pour décider qu'il n'y avait pas d'autre issue que d'éliminer le dragon.

Cependant, le lendemain matin au petit déjeuner, quand Amaury annonça qu'il partait s'attaquer au dragon, il ne fit pas beaucoup d'effet. Aliénor lui donna un portrait d'elle et un mouchoir, et le roi lui donna une carte du royaume. Ensuite, ils retournèrent à leur bol de céréales. Ils supposaient qu'Amaury l'exterminateur de dragons avait fait ce genre de choses si souvent qu'il serait rentré à temps pour le déjeuner !

Alors Amaury, qui avait espéré un départ en fanfare et des adieux de héros, ne reçut même pas un sandwich au jambon.

– J'ai l'impression, glissa-t-il à Avoine en allant chercher sa selle, que les gens font tout un plat quand vous aimeriez qu'on vous laisse tranquille, et n'en font pas du tout quand vous aimeriez qu'on s'occupe un peu de vous.

Mais ce genre de réflexion était bien trop compliqué pour Avoine, qui ne l'entendit pas, de toute façon.

Amaury prit donc la route le cœur lourd et l'estomac vide pour éliminer l'Horrible Grincent Crachefeu le Rôtisseur.

CHAPITRE 4

UN PETIT DÉTOUR

Amaury et Avoine quittèrent la vallée et montèrent la colline à pas lourds, puis descendirent la colline et traversèrent les champs de blé. Ensuite, ils gravirent une nouvelle colline, franchirent une forêt sombre et redescendirent sur l'autre versant.

Amaury commençait à avoir froid et faim. Les nuages s'épaississaient, noirs et gris. Il eut l'impression qu'ils absorbaient son courage comme une éponge. Amaury visualisa le roi, la reine et Aliénor en train de jouer aux billes devant la cheminée.

Puis il pensa à sa mère dans la forge, riant aux éclats devant les étincelles qui volaient de son enclume, tandis qu'Arthur, Tom et Frédégonde faisaient griller des marrons sur le fourneau.

Le pauvre Amaury se sentait oublié et *malheureux* dans son armure inconfortable de la pointe de son casque jusqu'au bout de ses solerets.

Finalement, il arriva dans un bois où poussaient des noisettes et des mûres. Il fit halte pour manger et donna un bonbon à Avoine. Puis il se rappela qu'il avait la carte du roi dans sa poche.

Il déroula la carte et étudia le royaume du roi Bidule. Elle paraissait tracée à la va-vite, avec le château esquissé au milieu et la caverne de Grincent marquée par une croix rouge. À dix lieues au sud de la tanière du dragon, Amaury repéra un gribouillis bleu. En regardant de plus près, il s'aperçut qu'il représentait une tête de dauphin émergeant d'une ligne ondulée, qui figurait une vague. C'était la mer.

Amaury n'avait jamais vu la mer. Il en avait entendu parler dans des chansons et des récits, il avait vu des coquillages et des crabes au marché, mais il s'était toujours demandé à quoi ressemblait la mer en vrai.

Une petite idée séduisante commença à germer dans son esprit. « Tu n'as jamais dit précisément *quand* tu irais tuer le dragon… lui souffla l'idée. Si tu y vas par le chemin le plus long, pour aller voir la mer en passant, personne ne le remarquera, poursuivit-elle, tentante. Et puis on ne sait jamais : le temps que tu reviennes, le dragon sera peut-être parti… »

Soudain, une volée de corbeaux croassa bruyamment au-dessus de sa tête. « Dragon écumant, grondant et assoiffé de sang qui vous déchire la chair et vous concasse la carcasse ! » semblaient-ils criailler.

Alors ce fut décidé.

– Nous allons au bord de la mer, annonça Amaury à sa monture. Quant au dragon, nous l'éliminerons peut-être au retour !

EN ROUTE VERS LA MER

Amaury examina encore la carte du roi. D'après ses calculs, ils arriveraient au bord de la mer à l'heure du thé. Ils quittèrent donc le bois et gravirent la colline. Traversèrent la vallée et franchirent un pont arrondi. Puis longèrent un fleuve et entrèrent dans une nouvelle forêt.

Pendant qu'ils cheminaient d'un pas lourd, Amaury, qui était de bien meilleure humeur à présent, composa une chanson :

Galopons vers la mer et ses rouleaux
salés,
La mer et ses dauphins, la mer
et ses rochers,
Où l'on entend grincer des fragments
de navires,

Au milieu des baleines qui tournent et qui virent !

Mais Aliénor, alors, me demandes-tu ? Eh bien, c'est l'histoire d'Amaury, donc je raconte ce qu'a fait Amaury. N'oublie pas qu'au départ, il n'avait rien d'un grand héros ; c'était juste un gars ordinaire qui touille les ruisseaux avec un bâton, un gars comme on en voit tous les jours, comme toi et moi. Parfois on agit bien, parfois on agit mal, et parfois les gens nous prennent pour des héros et s'imaginent qu'on va combattre des dragons.

Mais Amaury avait décidé qu'il préférait se baigner dans la mer plutôt qu'attaquer l'Horrible Grincent Crachefeu le Rôtisseur. Tu aurais fait quoi à sa place, toi ?

Pendant ce temps, Avoine ne savait pas où elle allait et s'en fichait pas mal, mais elle savait qu'elle avait besoin de se gratter. Alors, quand elle repéra le grattoir idéal, une ronce avec plein de piquants, elle s'arrêta. Amaury, qui étudiait la carte avec perplexité tout en cheminant, tomba la tête la première dans le buisson de ronces.

– Je ne comprends pas, dit-il en frottant son casque bosselé. Nous devrions être arrivés au bord de la mer à présent.

– Aaaaah ! Morbleu ! s'écria une voix paniquée. Un buisson qui parle ! Tais-toi ! Ne me jette pas de sort, esprit maléfique !

Amaury regarda entre les ronces et aperçut un jeune homme d'à peu près son âge, vêtu d'un chapeau pointu avachi et d'un manteau noir tout râpé.

– Aide-moi ! s'écria Amaury. Je ne suis pas un esprit. Je suis coincé.

– Comment puis-je être sûr que tu n'es pas un esprit maléfique qui se cache dans ce buisson ? demanda le garçon en guenilles d'un ton méfiant.

Amaury réfléchit à cette question. À vrai dire, il n'était pas sûr de savoir lui-même comment il s'était retrouvé dans ce buisson, pour commencer.

– Eh bien, si j'étais un esprit maléfique, je pourrais me dégager tout seul, répondit-il. Alors donne-moi un coup de main.

Et il tendit son gantelet entre les ronces.

Le garçon en guenilles tira Amaury du buisson.

– Moi, je suis magicien, en fait, annonça-t-il en redressant son chapeau. Bardane, pour te servir.

Amaury n'avait jamais rencontré de magicien, mais quelque chose lui semblait bizarre chez Bardane.

– Je croyais que les magiciens étaient censés être superpuissants et ne se laissaient pas inquiéter par les buissons qui parlent…

– Je n'étais pas inquiet, répliqua Bardane en grimaçant. De toute façon, je vais te prouver que je suis magicien. Que me donneras-tu si je te prédis l'avenir ?

Même s'il n'était pas convaincu que Bardane soit un magicien, Amaury était très curieux de connaître son avenir. Il y avait beaucoup de choses qu'il avait envie de savoir. Trouverait-il enfin la mer ? Le dragon disparaîtrait-il un jour du royaume du roi Bidule ? Reverrait-il jamais Aliénor ?

– Je ne possède pas grand-chose, dit-il, mais si tu arrives à me prédire l'avenir, je te donnerai tout ce que j'ai.

Avoine grogna bruyamment.

– Sauf mon cheval, bien sûr, ajouta Amaury juste à temps, en se demandant si Avoine savait lire sur les lèvres, en fin de compte.

Bardane agita son manteau usé autour de lui comme des ailes de corbeau géant et ferma les yeux. Puis, lentement, il tendit le bras et pointa un doigt vers Amaury.

Amaury changea subitement d'avis, mais c'était trop tard.

– Je vais commencer, déclara Bardane d'une voix grave et lente.

Et il commença :

Par monts et par vaux tu voyages,
À des lieues de ton village.

Royale épée par deux fois t'a frappé,
Sans pourtant te blesser.
Tu cherches la tanière d'un dragon
effrayant
Et le destin qui t'y attend.

Amaury était stupéfait. Comment Bardane savait-il que le roi Bedaine l'avait frappé sur les deux épaules sans le blesser ? Comment savait-il qu'il était loin de chez lui ? Comment était-il au courant pour Grincent ? Il n'y avait plus de doute : Bardane était forcément magicien s'il était capable de lire ainsi dans le passé.

– Et l'avenir ? voulut savoir Amaury.

Bardane le magicien ferma les yeux et tira son manteau sur sa tête. Il reprit lentement :

La lettre A que je vois dans ton nom
T'offre une magique protection.
Alors ne crains rien du sort à venir,
Bannis tes craintes et tes soupirs.

D'après la musique et les rires
que j'entends,
Tu vivras heureux et longtemps.

– C'est tout ? demanda Amaury.

– Ouaip, dit Bardane. D'habitude, les gens s'en contentent.

– Il n'est pas question de la mer, alors ? insista Amaury.

– Nan, dit Bardane.

Amaury avait l'air très déçu, alors Bardane reprit la pose, les yeux fermés et l'index pointé.

– Ah, si, poursuivit-il en reprenant sa voix de devin. Il y a bien quelque chose de liquide dans ton avenir… Pas exactement la mer, mais peut-être une mare ou une flaque… Quelque chose de très gluant et de très sombre…

Il s'interrompit un instant et fronça les sourcils.

– Je ne vois rien de plus, malheureusement. Tout est devenu noir.

– Une flaque gluante et sombre ! s'écria Amaury, horrifié. Ce n'est pas très excitant. Qui a jamais entendu parler d'un chevalier qui avait une aventure dans une flaque gluante et sombre ?

– Eh bien, tu voulais savoir, répliqua Bardane d'un ton vexé. Maintenant, que vas-tu me donner en échange de mes prédictions ?

Il se mit à fouiller dans les sacoches d'Avoine.

Amaury, occupé à méditer les paroles du magicien, le laissa faire.

– Nous étions en route vers la mer, tu comprends... réfléchit-il tout haut, perplexe. Si je me fie à la carte, nous devrions nous trouver sur une dune de sable en ce moment même.

Bardane cessa de fouiner pour jeter un coup d'œil à la carte.

– Cette carte est très bien, dit-il en la retournant. Mais visiblement, tu confonds le nord et le sud. La mer est à dix lieues d'ici. Nous sommes là...

Et il indiqua un point situé à un saut de puce de la caverne de Grincent !

SURPRISE !

Amaury n'en crut pas ses yeux. Avaient-ils vraiment tourné en rond depuis le petit déjeuner ? Comment s'étaient-ils débrouillés pour arriver précisément au seul endroit où Amaury ne voulait pas se rendre ?

– La caverne de ton dragon est juste derrière ce buisson, ajouta Bardane, croyant l'aider. J'aimerais bien rester regarder. Je n'ai jamais vu quelqu'un combattre un dragon écumant, grondant et assoiffé de sang qui vous déchire la chair et vous concasse la carcasse. Mais je dois nourrir mes chauves-souris au coucher du soleil, alors il faut que je rentre chez moi.

Amaury songea qu'il était en train de vivre le pire jour de sa vie.

– Au fait, reprit le magicien, tu as accepté

que je prenne ce que je voudrais si je te disais l'avenir, alors je vais prendre ça.

Et il s'accrocha le luth d'Amaury sur le dos.

Ce fut la goutte d'eau qui fait déborder le vase. Oui, Amaury vivait décidément le pire jour de sa vie. En plus, il devait encore terrasser un dragon avant l'heure du coucher !

– Ne te décourage pas, lui conseilla Bardane quand il vit sa mine consternée. Rappelle-toi : *D'après les danses et les rires que je vois, heureux et longtemps tu vivras.* Prends cette épée magique, je n'en ai pas tellement l'usage. Elle te sera peut-être utile.

Et, en abandonnant derrière lui sa vieille épée rouillée, Bardane le magicien retourna précipitamment dans les bois.

Après son départ, Amaury se sentit plus seul que jamais. Il ramassa l'épée. Elle n'avait pas l'air magique. Elle ne vibrait pas dans sa main et la garde ne projetait pas d'étincelles. Malgré tout, le destin avait décidé qu'Amaury devait affronter l'Horrible Grincent Crachefeu le Rôtisseur, semblait-il, et il aurait besoin de toute l'aide possible, qu'elle soit magique ou non alors il glissa l'épée dans sa ceinture.

Après un moment de réflexion, Amaury jugea que le meilleur moment, et à vrai dire le seul moment pour rendre visite à un dragon, c'était pendant qu'il dormait. Alors il attendit le crépuscule et, à la nuit tombée, quand la lune apparut, éclairant d'une lueur sinistre l'entrée de la grotte du dragon, il attendit encore un peu…

Finalement, l'air nocturne devint si glacial qu'Amaury dut se lever et marcher un peu. Il sortit de sa sacoche le portrait d'Aliénor. La peinture devait être toute fraîche quand Aliénor le lui avait donné, car elle avait sérieusement bavé ; mais la vue de son visage barbouillé et de sa coiffure de hérisson lui donna du courage, alors il le glissa dans son armure pour se porter chance. Avoine s'approcha et frotta son nez contre l'oreille d'Amaury, comme si elle savait qu'il allait se passer quelque chose, comme si elle voulait l'encourager un peu, elle aussi.

– Adieu, l'amie, déclara Amaury. Je crains de ne jamais revenir de cette aventure. Si je ne suis pas de retour demain matin, tu devras rentrer à Toqué-les-Nouilles sans moi.

À supposer qu'Avoine sût vraiment lire sur les lèvres, elle ne prêta attention qu'aux derniers mots d'Amaury : elle fit lourdement demi-tour et partit en soupirant dans la nuit.

Le pauvre Amaury devrait affronter tout

seul l'Horrible Grincent Crachefeu le Rôtisseur. Il voulait son luth. Il voulait son amie Aliénor. Il voulait sa mère. Il aurait même été content de voir sa sœur Frédégonde, en cet instant. Elle ferait le poids contre un dragon, elle. Mais il n'y avait vraiment aucun moyen de reculer, cette fois. Amaury alluma un flambeau, serra de toutes ses forces l'épée magique que Bardane lui avait donnée et entra lentement dans la grotte.

CHAPITRE 5

AMAURY AFFRONTE SON DESTIN

Il faisait horriblement froid et moite dans la caverne du dragon.

« Dans un endroit pareil, on est sûr d'être *malheureux* ! songea Amaury. Ouh, je n'aime pas ça… » Il n'aimait pas non plus l'odeur écœurante de viande pourrie ni l'écho angoissant des gouttes d'eau qui tombaient dans les cavités profondes et noires de la grotte.

Amaury brandit son flambeau devant lui et s'avança prudemment dans le tunnel sinueux. À chaque pas, il savait qu'il se rapprochait du dragon et s'éloignait de l'issue. Le tunnel descendit en pente douce, puis déboucha sur une cavité aussi vaste que la salle des banquets du roi Bidule. « Ce doit être ici que le dragon dévore ses proies », songea Amaury avec angoisse. Mais il n'y avait pas d'ossements en vue – juste un tas d'objets colorés à côté d'un rocher. Quand il y regarda de plus près, Amaury découvrit que c'était une pile de manteaux de damoiselles, de bijoux, de chaussures et de couronnes. Ses genoux se mirent à trembler aussitôt.

– C'est juste son vestiaire, ici, dit-il en frissonnant. À mon avis, aucun de ces invités ne repartira de son antre !

Et à cet instant, un gros courant d'air s'infiltra par une crevasse dans la roche et éteignit sa torche ! Amaury resta parfaitement immobile. Autour de lui, tout était noir et, quelque part devant lui, dans ce noir, il y avait un dragon, *ou peut-être même deux.*

Son courage le déserta comme la flamme de sa torche.

– On ne me d-d-demanderait jamais de combattre un d-d-dragon dans le noir ! se dit-il à lui-même en s'efforçant de rester calme. Dans ces conditions, personne ne me reprocherait de f-f-faire demi-tour tout de suite et de r-r-ressortir.

Mais par où devait-il se diriger pour r-r-ressortir ? Amaury essaya de retrouver l'entrée du tunnel en se traînant à quatre pattes dans son armure métallique. Quand il atteignit une ouverture dans le mur de la salle, il se leva et fit quelques pas. Il avait l'impression que c'était le tunnel qui rejoignait la s-s-sortie, mais en réalité, c'était…

LE TUNNEL QUI CONDUISAIT
À LA TANIÈRE DU D-D-DRAGON !

Pendant qu'Amaury errait à l'aveuglette dans la grotte en trébuchant, l'odeur de

pourriture s'intensifia et des petites pierres s'éboulèrent avec fracas devant lui. À l'instant où il commença à se douter que ce n'était pas le tunnel qui retournait vers la s-s-sortie, en fait, un grondement terrifiant fit tomber une autre volée de pierres à ses pieds. Le dragon écumant, grondant et assoiffé de sang qui vous déchire la chair et vous concasse la carcasse devait être là, dans le noir, devant lui… mais où ?

Le pauvre Amaury était pétrifié. Il frissonnait et tremblait tellement que son armure se mit à cliqueter comme une charrette de rétameur. Le bruit emplit la grotte avec un écho assourdissant.

Alors, le dragon prit la parole.

– QUELLE EST DONC LA GRANDE ARMÉE DE CHEVALIERS QUI S'AVENTURE DANS MA CAVERNE ? lança-t-il de sa voix tonitruante.

Amaury comprit en un éclair que le dragon ne pouvait pas le voir dans le noir. Il tapa des pieds dans ses solerets métalliques et, en effet, on aurait dit que cent chevaliers trépignaient d'impatience. Amaury reprit un peu courage. « Si j'arrive à duper ce dragon, se dit-il, j'aurai peut-être une chance de lui échapper. »

Alors il prit une profonde inspiration et imagina qu'il était Frédégonde en train de jouer à « On dirait que je serais ».

– Je suis sire Amaury l'exterminateur de dragons, déclara-t-il d'une voix sévère, et je viens ici avec mon armée pour occire l'Horrible Grincent Crachefeu le Rôtisseur et... euh... quiconque se mettra en travers de mon chemin.

Le dragon ne répondit pas tout de suite. Amaury entendit des frottements et des grattements de pattes griffues.

– Pourquoi devrais-je avoir peur de vous, sire Amaury ? Mes crocs ont tranché la tête de mille chevaliers.

Amaury déglutit avec peine. Il tenta frénétiquement de se convaincre qu'il y avait *vraiment* mille chevaliers derrière lui.

– Tu devrais avoir peur, dragon, répliqua-t-il, car j'ai avec moi les chevaliers les plus redoutables du pays.

Il fit cliqueter son armure pour renforcer son effet.

– L'un d'eux a terrassé le grand roi des trolls et un autre a tué à mains nues un serpent de mer à deux têtes.

Amaury était plutôt content de lui. Inventer des histoires, c'était exactement comme composer des chansons.

Le dragon grogna, semblant chercher à décider s'il devait le croire ou non. Mais Amaury commençait à s'amuser. Il trouvait facile d'imaginer des choses dans le noir.

– Tous mes chevaliers sont armés d'une épée magique, continua-t-il. Ils peuvent changer n'importe quelle créature en pierre d'un seul coup. Moi-même, j'ai occis cent pumas avec une catapulte tout en luttant seul contre les quatre cannibales aux crocs d'écorcheurs du bois de Toqué.

À présent, Amaury s'identifiait parfaitement à son personnage. En se frappant la cuisse avec son gantelet, il émit un claquement assourdissant.

– Eh bien moi, les os de cent mille chevaliers me servent de lit, se vanta le dragon. J'ai un flair de renard et des yeux de lynx. Je peux lacérer des enceintes de forteresses avec mes griffes et, avec ma longue langue, cueillir une damoiselle juteuse dans son lit. Et quand j'ai mangé tout mon soûl, je bois le feu des volcans pour étancher ma soif.

Mais rien de tout cela n'effraya Amaury, qui se dressait désormais fièrement à la tête d'une grande armée.

– Ha ! À quoi te servent tes yeux de lynx contre un sortilège de magicien ? railla-t-il. J'ai dans mon armée vingt magiciens qui feront apparaître sous tes yeux des esprits épouvantables et qui vont faire avec ta langue un nœud qu'on ne pourra plus jamais défaire. Il suffit que je donne un ordre et ils transformeront tes griffes en rubans et ton nez de renard en citrouille.

– MAIS J'AI EMBRASÉ D'IMMENSES FORÊTS D'UN SEUL SOUFFLE ! tonna le dragon.

Amaury l'Invincible s'esclaffa.

– Et moi, j'ai les dents de cent dragons sur mon casque !

En écoutant l'écho répéter ses paroles, Amaury se sentait aussi hardi qu'un vrai chevalier. Il tira l'épée de Bardane de son fourreau et le bruit de cent épées qu'on dégaine résonna dans la grotte.

Mais, quand il s'avança d'un pas dans le noir, Amaury entendit un petit gémissement larmoyant.

– Oh, s'il vous plaît, ne me faites pas de mal ! Je suis tout petit, en vrai, sanglota une voix tremblante. Je ne disais pas la vérité. Je ne peux pas lacérer des enceintes de forteresses avec mes griffes. Je n'ai même jamais vu de forteresse. Je suis si jeune que mes griffes n'ont pas encore poussé.

Amaury, qui s'était mis en condition pour jouer le grand héros chevaleresque, fut soudain déçu.

– Tu veux dire que tu n'es pas un dragon écumant, grondant et assoiffé de sang qui vous déchire la chair et vous concasse la carcasse, finalement ? souffla-t-il avec stupeur.

– Oh, non, sire, pleurnicha le dragon. L'assoiffé de chair aux mâchoires déchirantes, c'est l'Horrible Grincent, mon papa. Ce soir, il devait m'emmener faire ma première expédition de chasse, mais je me suis perdu dans les bois. J'ai retrouvé le chemin de la maison et maintenant j'attends son retour. Il sera drôlement en colère quand il reviendra. Vraiment furieux. Il sera dans une rage à vous déchirer la chair et à vous concasser la carcasse.

Amaury entendit le petit dragon renifler et il eut soudain honte. Son père lui avait appris qu'on doit toujours dire la vérité, et voilà qu'il débitait des bobards gros comme un dragon pour piéger une pauvre petite bête qui ne lui avait rien fait.

– Vite, s'écria le dragon d'une voix terrifiée, j'entends battre les grandes ailes de mon papa au-dessus de la forêt ! Vous feriez mieux de filer, vous et votre armée de chevaliers, avant qu'il ne vous réduise en cendres !

Amaury n'eut pas besoin de se le faire dire deux fois.

– Merci de m'avoir averti. Je vais m'en aller, lui assura-t-il, mais d'abord, je dois t'avouer que je ne disais pas la vérité non plus. En fait, je ne suis ni très grand ni très redoutable, admit-il. Je ne suis qu'un enfant tout seul qui ne saurait même pas terrasser une saucisse. Mon armée de chevaliers, c'était juste un écho. Je suis vraiment désolé de t'avoir fait peur.

– Oh, je me sens beaucoup mieux ! dit le dragon, qui avait l'air bien plus guilleret à présent. Je n'ai plus peur, maintenant que je sais que tu n'es qu'un enfant tout seul.

Il toussa et se racla la gorge.

– Laisse-moi t'éclairer pour t'aider à retrouver ton chemin…

Il y eut un rugissement assourdissant et un jet de flammes fusa à travers la grotte, embrasant la torche d'Amaury et révélant non pas un petit dragon tremblant mais un ÉNORME dragon écumant, grondant et assoiffé de sang qui vous déchire la chair et vous concasse la carcasse, en fin de compte !

AU SECOOOOOOUUUUUURS !

– Alors comme ça, on a essayé de m'embobiner, hein ? siffla l'Horrible Grincent Crachefeu le Rôtisseur en roulant ses yeux rouges.

– Eh bien, vous aussi, vous avez ess-ess-essayé de m'emb-m'emb-m'embobiner, bafouilla Amaury, horrifié.

– Oui mais moi, j'ai mieux réussi ! répliqua le dragon avec un cruel sourire baveux.

Et maintenant, toutes ces inventions m'ont donné faim, alors je vais ronger la chair de tes os grêles pour le petit déjeuner !

Amaury s'aperçut soudain que c'était le moment de paniquer. Ses cheveux se dressèrent sur sa tête, ses dents se mirent à claquer, ses genoux à flageoler, son sang se figea dans ses veines et ses jambes devinrent molles comme du coton. Voilà. À présent, Amaury était vraiment un *malheureux* chevalier et il savait que ce serait la toute dernière sensation de sa vie.

Le dragon s'approcha lentement d'Amaury, comme un chat prêt à bondir…

Une question vint à l'esprit du garçon. Valait-il mieux souffler sa torche et se faire dévorer dans le noir, ou se mettre à courir et se faire dévorer par-derrière ?

Grincent s'arrêta si près de lui qu'Amaury sentit la chaleur qui émanait de ses narines noircies et l'odeur de pourriture que dégageait son haleine. Le dragon le toisa des pieds à la tête.

– Les petites bouchées, je les préfère épluchées, dit-il avec un sourire épouvantable. J'ai eu l'occasion de constater que les armures me restent parfois coincées dans la gorge. Veux-tu l'enlever ou je m'en charge ?

Amaury entreprit docilement d'ôter ses gantelets, quand le dragon ouvrit la gueule pour se lécher les babines. Avec stupeur, le garçon s'aperçut que l'Horrible Grincent Crachefeu le Rôtisseur n'avait pas de dents ! Là, sous son horrible museau, il y avait une paire de gencives aussi roses que des fesses de bébé !

Amaury ne put retenir un éclat de rire. Sa peur d'être mordu et déchiqueté par des crocs acérés s'évapora subitement et se mua en un fou rire incontrôlable. Il pouffa, gloussa et rigola jusqu'à en avoir le hoquet.

– Qui aurait peur d'être dévoré par un... hic !... un dragon édenté ? ricana-t-il.

Qui aurait peur d'un dragon édenté ? répétèrent en écho cent voix moqueuses dans l'obscurité.

L'Horrible Grincent était totalement décontenancé. Personne ne s'était jamais moqué de lui. Confus, il se recroquevilla contre le mur de la caverne.

En un instant, Amaury vit qu'il avait sa chance. Il dégaina encore une fois l'épée de Bardane et fendit l'air avec de grands gestes comme un vrai chevalier.

– Recule, dragon édenté ! cria-t-il. Ceci est une épée magique et je vais te transformer en têtard !

Le dragon ne voulait pas être transformé en petite chose gluante qui frétille dans une mare. Il fit volte-face en faisant craquer sa queue et s'éloigna dans un couloir sombre en lâchant des rugissements, des jurons et des jets de vapeur malodorante.

UNE OCCASION DE S'ÉCHAPPER ?

À ce moment-là, vous et moi, nous aurions filé dans la direction opposée aussi vite que nous l'auraient permis nos jambières métalliques, naturellement. Mais Amaury commençait à se comporter en véritable chevalier. Il devenait même de plus en plus chevaleresque à chaque minute passée dans la grotte de l'Horrible Grincent, même s'il ne s'en rendait pas compte. Aussi Amaury n'y réfléchit-il pas deux fois. Il s'élança à la poursuite du dragon, en brandissant l'épée de Bardane, dans les dédales du couloir obscur.

Soudain, il entendit une avalanche tonitruante de rochers, loin devant lui, et des nuages de poussière envahirent le couloir. Les rugissements du dragon avaient provoqué un éboulement, bloquant sa fuite.

Toussant et crachotant, Amaury s'avança à l'aveuglette d'un pas incertain jusqu'à ce qu'il se retrouve de nouveau face à l'Horrible Grincent. Le dragon acculé se retourna et se cabra avec colère. Des étincelles et des cendres fusaient de ses narines dilatées. Amaury leva l'épée magique bien haut au-dessus de sa tête.

– Je croyais que tu ne savais pas comment terrasser une saucisse ! siffla le dragon. C'était encore un de tes mensonges, n'est-ce pas ?

Amaury, mal à l'aise, tergiversa un moment, mais il ne voulait pas se faire piéger une fois de plus. S'il tardait à se servir de l'épée magique, le dragon allait sans doute le faire frire comme une misérable tranche de bacon, avec son souffle incendiaire.

– Je ne vais pas vous terrasser ! hurla-t-il dans la poussière et la fumée. Je vais juste vous transformer en têtard, pour que vous ne puissiez plus jamais dévorer qui que ce soit.

– Mais alors ce serait moi qui risquerais de me faire dévorer ! s'exclama le dragon.

Là-dessus, il poussa un rugissement effroyable et prit une profonde inspiration pour allumer le feu dans sa gorge.

C'était le moment ou jamais. Amaury pointa l'épée vers la tête de Grincent, mais, à sa grande horreur, il s'aperçut qu'il ne savait pas quoi faire ensuite.

– Bardane ne m'a pas donné la formule magique ! s'étrangla-t-il.

– Bardane ? répéta Grincent, surpris, en crachant des flammes. Bardane… C'est ce trouillard tremblotant dans un manteau noir tout râpé qui t'a donné cette épée ?

– Euh… oui, répondit Amaury, sentant instantanément que les choses s'apprêtaient à prendre un tour écumant, grondant et assoiffé de sang qui vous déchire la chair et vous concasse la carcasse, et pire encore. C'est Bardane le magicien qui m'a donné cette épée magique et m-m-maintenant je vais vous transformer en t-t-têtard !

– Eh bien, si c'est l'épée de Bardane, elle est aussi magique que mon coude ! ricana l'Horrible Grincent.

D'un coup de queue, il arracha l'épée des mains d'Amaury et l'envoya valser dans le couloir.

– Ton Bardane n'est qu'un vulgaire voleur et un escroc ! lança-t-il d'une voix triomphante.

– Mais il m'a prédit l'avenir, protesta Amaury (sans conviction, car au fond il était déjà persuadé que le dragon disait vrai, malheureusement). Bardane savait qui j'étais et ce que j'étais venu faire.

À ces mots, le dragon plissa les yeux et avança lentement sa patte avant vers le garçon, avec une griffe sortie.

Amaury se figea, telle une statue de *malheureux* chevalier.

– N'importe qui pourrait te prédire l'avenir, sire Amaury.

Grincent afficha un grand sourire et tira délicatement l'étiquette accrochée dans le dos d'Amaury pour la laisser retomber sur son torse. L'inscription « sire Amaury l'exterminateur de dragons » disait tout.

Le cœur d'Amaury tomba dans ses solerets avec un bruit sourd. Voilà donc comment Bardane avait deviné qu'il avait reçu deux coups d'épée sans être blessé : lors de la cérémonie d'adoubement ! Et voilà comment il savait pourquoi Amaury était venu dans la forêt !

– Et je suppose qu'il t'a pris quelque chose en échange ?

De toute évidence, le dragon connaissait tous les trucs de Bardane.

Amaury se rappela son précieux luth que le magicien avait réquisitionné, souvenir aussi réjouissant qu'une quiche au foie de volaille refroidie.

– Eh bien maintenant, je vais te prendre quelque chose à mon tour, sire Amaury l'exterminateur de dragons… Je vais arracher ta chair maigre de tes petits os cartilagineux !

Là-dessus, le dragon saisit Amaury par les bretelles et l'emporta vers la grande salle. En remontant la galerie, suspendu au bout d'une griffe de Grincent, Amaury aperçut l'épée de Bardane parmi les rochers et, d'un geste vif, la ramassa.

« Elle n'est peut-être pas magique, pensa-t-il avec désespoir, mais j'imagine qu'un chevalier digne de ce nom se fait toujours engloutir avec son épée. »

LE PROBLÈME DES DENTS

Amaury s'était certes méfié de Bardane dès les premiers instants de leur rencontre dans le buisson de ronces, mais il avait tout de même cru à la prédiction du magicien : *D'après la musique et les rires que j'entends, tu vivras heureux et longtemps.* Et voilà qu'à présent, en cette heure la plus noire, il n'y avait même plus le réconfort d'une promesse d'escroc.

Grincent emporta Amaury dans un coin de la grande salle et le lâcha sur un énorme lit d'ossements. Le garçon frissonna. Il avait les pieds sur une grosse cage thoracique et un crâne aux orbites vides semblait regarder fixement son coude.

– Bien, où en étions-nous ? Ah oui, tu

allais ôter cette armure, reprit sèchement le dragon en léchant ses babines noircies. Les casques me collent toujours aux gencives.

Amaury obéit. Il ne lui restait plus un gramme de courage et il se sentait vraiment *malheureux*, comme chevalier. Il était si abattu qu'il lui était égal que le dragon le mange par-derrière ou par-devant, ou le jette en l'air et l'avale d'un coup. Il enleva son casque, avec la dent que Bérangère avait si fièrement soudée dessus, et le posa à côté de lui parmi les ossements, sous le regard vigilant du dragon. À cet instant, il repéra quelque chose dans la pile. Il se baissa et ramassa un énorme objet blanc, presque aussi grand que le casque lui-même.

– C'est la dernière dent que j'ai perdue, soupira le dragon. J'ai mâché trop de damoiselles avec leurs bracelets et leurs couronnes. J'étais impatient. C'était ça, mon problème.

Amaury examina la dent fixée sur son casque, puis la vraie dent de dragon posée à côté. Quel idiot il avait été de confondre les deux !

Le dragon perdit patience et se mit à arpenter la caverne.

– Dépêche-toi, mon garçon. Je n'ai peut-être pas de dents, mais je vais briser tes petits os friables d'un seul coup de langue.

Amaury retira son dernier soleret et l'Horrible Grincent Crachefeu le Rôtisseur ouvrit ses mâchoires pestilentielles.

– Adieu, délicieuse Aliénor ! s'écria Amaury.

Il ferma les yeux…

… MAIS RIEN NE SE PRODUISIT.

Amaury garda les yeux fermés. Il avait tellement peur qu'il ne les aurait ouverts pour rien au monde, pas même pour mille pièces d'or. Et il ne se passait toujours rien. « C'est encore pire que de me faire dévorer ! songea-t-il en tremblant. Une vraie torture ! »

UN SORT PIRE QUE LA MORT ?

Enfin, l'Horrible Grincent prit la parole.

– Délicieuse Aliénor, dis-tu ? Est-ce une damoiselle ? C'est vrai qu'elle est délicieuse ?

Amaury n'en crut pas ses oreilles.

– Aliénor est une princesse. C'est mon amie, lâcha-t-il en entrouvrant une paupière.

– Ah, mazette, une princesse ! Miam, les princesses sont toujours délicieuses... même les princesses caractérielles !

– Elle n'est pas caractérielle du tout ! protesta Amaury.

– Tant mieux ! dit le dragon. Quoi qu'il en soit, allons la manger. Ça fait un mois que je n'ai pas eu de bonne princesse juteuse.

Il fit volte-face et s'élança précipitamment dans le tunnel en direction de l'entrée de la grotte.

– Je vais épargner tes os cartilagineux le temps que tu me conduises à son château, lança-t-il derrière lui d'un ton impatient. Viens ! Allons-nous vers le nord ou vers le sud ?

ÊTRE OU NE PAS ÊTRE DÉVORÉ

Amaury ne savait pas quoi faire. Comment pourrait-il conduire Grincent au château d'Aliénor ? Pourtant, s'il refusait, il était sûr de se faire dévorer et tout serait fini. « Au moins je n'ai pas encore été mangé, pour le moment, et le dragon lui-même m'aide à sortir de cet endroit épouvantable, raisonna-t-il. Peut-être qu'une fois dans la forêt, j'aurai une occasion de m'échapper. »

Alors il remit son armure aussi vite qu'il put, saisit l'épée de Bardane et suivit l'Horrible Grincent dans le tunnel, vers l'air libre et la forêt.

Grincent l'attendait à la sortie.

– Grimpe, et vite ! lui ordonna-t-il. C'est par où, le petit déjeuner ?

Amaury considéra la silhouette noueuse, écaillée du dragon qui se découpait dans le clair de lune. Son dos était hérissé de piquants cornés et des ailes parcheminées, aussi grandes que celles d'un moulin, jaillissaient de ses épaules.

– Mais je ne p-p-peux pas, bafouilla Amaury.

– OH QUE SI, TU PEUX ! rugit Grincent.

Il cracha une langue de feu vers les talons du pauvre garçon, qui sursauta comme un pétard et entreprit aussitôt de grimper sur le dos du dragon.

Amaury trouva un endroit où caler ses pieds sur l'aile de Grincent et se hissa sur ses épaules. Il se cramponna de toutes ses forces à son cou glacé de reptile.

D'un pas lent, le dragon se fraya un chemin entre les arbres, en faisant tressauter Amaury sur son dos, jusqu'à ce qu'il trouve une clairière. Là, dans un crissement, Grincent déploya ses ailes immenses et les haussa au-dessus d'eux. Quand il les rabaissa, il produisit un souffle d'air assourdissant. Le dragon et son passager décollèrent du sol et s'élevèrent rapidement au-dessus de la forêt.

Amaury sentit son estomac tomber dans ses solerets. Grincent obliqua brusquement vers la gauche, puis vira vers la droite et l'estomac d'Amaury bondit dans sa gorge. Mais, quand le dragon stabilisa son vol,

Amaury s'habitua au balancement rythmé et aux sifflements du vent dans son casque.

Quand il trouva le courage d'ouvrir les yeux, Amaury découvrit avec stupeur le magnifique spectacle qu'offrait la forêt dans le clair de lune, du point de vue d'un dragon. « Un jour, j'écrirai une chanson à ce sujet », se promit-il. Avant de se rappeler qu'il y avait fort peu de chances qu'il puisse de nouveau pincer les cordes d'un luth un jour…

AMAURY JOUE LE GUIDE

– Dans quelle direction, alors ? demanda impatiemment le dragon quand ils eurent décrit plusieurs cercles au-dessus de la forêt pour prendre de la hauteur.

Amaury n'avait pas la moindre idée du chemin à prendre pour arriver au château d'Aliénor : il avait perdu la carte du roi Bidule depuis longtemps. Mais il savait que c'était le dernier endroit au monde où il voulait conduire un dragon affamé. « Si nous volons assez longtemps, Grincent aura sûrement besoin d'atterrir pour se reposer, et là, j'aurai une occasion de m'enfuir », calcula-t-il.

Alors il hurla :

– Continuez dans cette direction jusqu'à la lisière de la forêt, puis suivez le ruisseau qui traverse la vallée. Vous verrez une deuxième forêt. Quand vous l'aurez dépassée, passez au-dessus de la colline, longez la rivière et continuez vers le sud.

Grincent parut se satisfaire de ces instructions. Amaury referma les yeux pour réfléchir à sa situation.

« Me voici cramponné au dos d'un dragon qui compte dévorer ma seule amie au monde, et sans doute me manger à mon tour ensuite, pensa-t-il. Et je ne sais pas où je vais, ni ce que je dois faire une fois que j'y serai… »

Il se demanda ce que sa mère aurait fait à sa place. Il imagina Bérangère à califourchon sur le dos du dragon. D'une main, elle sortait un marteau de la poche de son tablier et frappait lourdement le dragon sur la tête, le tuant d'un seul coup. Puis, tandis qu'il tombait en vrille, elle appelait en sifflant un aigle qui passait au-dessus d'eux, sautait du dragon et se rattrapait aux serres de l'aigle qui descendait vers elle, puis se lâchait sur une meule de paille en dessous, effectuait un saut périlleux et retombait sur ses pieds dans un bruit sourd, sans autre marque de l'aventure qu'un épi de blé derrière l'oreille.

Le rugissement de Grincent tira Amaury de sa rêverie.

– Ah ! Ce doit être la délicieuse Aliénor.

Et en effet, dans un verger à leurs pieds, se trouvait Aliénor, sortie pour une promenade matinale.

CHAPITRE 6

LE DRAGON RENCONTRE SON PETIT DÉJEUNER

Une fois de plus, son sens lamentable de l'orientation avait conduit Amaury précisément au seul endroit au monde où il ne voulait pas être !

Réfléchissant rapidement, il lâcha son épée pour tenter d'avertir son amie qu'elle était en danger de mort. Mais l'épée partit de travers en tourbillonnant et tomba parmi des arbres, où personne ne pourrait la voir...

– Aliénor, attention ! hurla-t-il de toutes ses forces. Retourne au château en vitesse et verrouille la porte !

– Petit imbécile ! grogna l'Horrible Grincent.

Il descendit en traçant des cercles et se posa aux pieds d'Aliénor. D'une secousse, il fit tomber Amaury de son dos et l'envoya dans un fossé boueux. Amaury se releva péniblement et rejoignit Aliénor. Elle était figée sur place. Ses mains tremblaient, mais ses yeux lançaient des éclairs.

– Nous n'avons pas peur des d-d-dragons ici, dit-elle bravement. Savez-vous qui est ce chevalier ?

L'estomac de Grincent gargouilla si bruyamment qu'il produisit l'effet d'un coup de tonnerre.

– Oui, oui, rugit-il impatiemment. Je sais qui il est et je sais qui il n'est pas, et je ne suis pas d'humeur à faire poliment la conversation. Enlève-moi ces bijoux, s'il te plaît, j'ai TRÈS faim !

Aliénor se tenait bien droite, fièrement ; elle secoua ses cheveux de hérisson d'un air de défi.

– Pas question, rétorqua-t-elle en tapant du pied comme une princesse caractérielle.

Amaury regarda Aliénor, dont le courage la faisait rayonner comme un soleil. Aussitôt, il sut ce qu'il devait faire. Espérant donner à son amie l'occasion de s'échapper, sire Amaury le vrai chevalier s'avança.

– Mangez-moi d'abord, dragon, insista-t-il. Je sais que vous avez l'intention de nous dévorer tous les deux, et la princesse aura bien meilleur goût que moi : autant la garder pour la fin.

C'était le seul moyen qui restait de la sauver.

– Oh, Amaury, non ! s'écria Aliénor, désespérée.

Mais l'Horrible Grincent Crachefeu le Rôtisseur en avait assez. Il n'avait jamais affronté autant de chichis et de complications pour un petit déjeuner de rien du tout.

Avec un grognement irrité, il ouvrit les mâchoires et avala Amaury d'une seule bouchée. Puis, sans lui laisser le temps de s'évanouir, il goba Aliénor aussi.

CHAPITRE 7

LA FLAQUE SOMBRE ET GLUANTE

Amaury glissa dans la gorge du dragon et se retrouva dans un endroit sombre et gluant, qui sentait très mauvais. Il était plongé jusqu'aux chevilles dans une mélasse bouillonnante et sifflante. Avant qu'il ait eu le temps de comprendre ce qui lui était arrivé, quelque chose le renversa et tomba sur lui dans la flaque visqueuse.

– Au secours ! hurla Aliénor.

– GlouboURGLoubeeeeuurk ! crachota Amaury.

Les deux amis se redressèrent tant bien que mal dans la bouillie pestilentielle et comprirent rapidement ce qui s'était passé.

– Nous devons être morts ! s'exclama Amaury.

– Mais non, nous sommes vivants ! répliqua Aliénor, hilare.

Ils se turent un instant avant de s'écrier en chœur :

– Nous sommes dans l'estomac du dragon !

Ils se cramponnèrent l'un à l'autre dans le noir.

Cependant, en moins de temps qu'il n'en faut pour dire « sucs gastriques », Aliénor et Amaury furent secoués par un rugissement épouvantable qui les rendit presque sourds. L'Horrible Grincent Crachefeu le Rôtisseur recracha son petit déjeuner sur l'herbe et, dans un énorme « boum ! », se transforma en musette de picotin !

CHAPITRE 8

HEIN ??!

Quand Aliénor et Amaury eurent vérifié que leurs bras et leurs jambes étaient tous indemnes, ils cherchèrent le dragon. Mais ils virent seulement, au milieu d'un buisson d'orties, une grande musette bourrée de foin frais et, à leur grande surprise, Avoine le cheval de trait qui tournait autour d'un air méfiant.

Que s'était-il passé, en effet ? Aliénor et Amaury se poseraient la question mille fois au cours de leur longue vie heureuse. Mais malheureusement, la seule créature au monde à pouvoir répondre était Avoine – et elle n'entendit jamais la question. Même si elle l'avait entendue, Avoine n'aurait jamais pu leur raconter qu'elle traversait le verger d'un pas lourd, l'estomac dans les sabots, pour rentrer vers le lointain Toqué-les-Nouilles, en rêvant de musettes de foin délicieux, quand une épée tombée du ciel lui avait atterri sur la tête.

Une fois remise du choc, elle s'était redressée péniblement et avait eu la stupéfaction de voir un énorme dragon avaler son maître, là, juste sous son nez. Avoine avait ramassé l'épée avec les dents et chargé vaillamment l'Horrible Grincent Crachefeu le Rôtisseur – trop tard pour l'empêcher de gober également la princesse, mais assez soudainement pour le prendre au dépourvu et lui donner un coup dans la queue… Là-dessus, un énorme « boum ! » avait retenti et le dragon avait recraché Aliénor et Amaury avant de se transformer en

mangeoire portative, remplie de foin au parfum plus délicieux encore que dans les plus beaux rêves d'Avoine.

Les choses s'étaient passées exactement ainsi, mais Avoine ne pourrait jamais raconter l'aventure et, comme ce n'était pas une histoire facile à deviner, personne ne sut jamais la vérité.

Aliénor et Amaury étaient totalement ahuris par leur échappée et par la disparition de l'Horrible Grincent. Mais ils ne perdirent pas de temps à le chercher. La joie de s'être retrouvés et d'être entiers leur suffisait.

– Tu as été le chevalier le plus courageux du royaume, commenta Aliénor, rayonnante.

– Non, c'est toi qui as été la plus courageuse, insista Amaury.

– Non, c'est toi…

– Non, c'est toi…

Et ils rentrèrent au château du roi Bidule en poursuivant gaiement ce débat.

CHAPITRE 9

LE ROI N'A PAS OUBLIÉ

Quand Aliénor et Amaury retrouvèrent le roi Bidule, il cherchait quelque chose sous les bancs de la salle des banquets. Le roi fut ravi de revoir Amaury, même s'il avait un peu oublié ce qu'il l'avait envoyé faire au départ.

– Bienvenue, Amaury ! dit-il en le serrant dans ses bras comme un fils. Alors comme ça, on était en vacances, hein ? Tu as fait quelque chose d'intéressant ?

Amaury afficha un sourire entendu.

– Je n'ai certainement pas eu le temps de m'ennuyer, Votre Altesse.

Aliénor s'approcha de son père pour lui murmurer à l'oreille.

– Saperlotte ! Dans le ventre d'un dragon, hein ? s'exclama le roi. Un drôle d'endroit pour passer des vacances, si je peux me permettre, mon garçon, commenta-t-il en gloussant. Vous autres, les jeunes chevaliers, vous ne savez plus quoi inventer ! Quoi qu'il en soit, je suis content que tu sois revenu. J'ai une petite… tu sais… une petite « fais ci, fais ça »…

Et il tira d'une poche intérieure de son manteau une longue liste de « tâches à accomplir un vendredi ».

– Ça ne devrait pas te prendre très longtemps. Bien, quelqu'un a-t-il vu mes machins violets… à moins qu'ils soient verts… euh… il y en a un qui monte et un qui descend…

Et il s'éloigna d'un pas traînant en se grattant la tête.

Amaury examina gaiement le rouleau. Quoi qu'il ait à faire au château, ce serait *vraiment* des vacances comparé à l'aventure qu'il venait de vivre !

En parcourant la liste de tâches, son regard tomba sur la dernière, qui disait :

Numéro 10 : couronner le prince.

Même si le roi ne se rappelait pas la couleur de ses machins, il n'avait manifestement pas oublié qu'il souhaitait faire Amaury prince.

AMAURY PRINCE

Donc, quand toutes les tâches à accomplir ce vendredi-là furent terminées, le chevalier Amaury fit sa toilette, cira ses solerets en métal et partit frapper timidement à la porte de la salle du trône. Aliénor ouvrit et, à sa grande surprise, lui adressa un clin d'œil. Puis elle s'écarta. Derrière elle se tenaient le roi et la reine, souriants, vêtus de leur plus beau manteau et de leur plus belle couronne et, derrière eux, la grande salle était remplie d'une foule de gens qui se bousculaient en retenant leur souffle, prêts à exploser. Quand Amaury les examina plus attentivement, il n'en crut pas ses yeux…

– Surprise ! hurla Bérangère, qui s'était débarbouillée si vigoureusement qu'elle était toute rose et brillante comme un nouveau-né.

– Bravo ! s'écria son père, assis sur les épaules d'Arthur, de Tom et de Frédégonde.

– Pour le prince, lança le roi Bedaine, hip, hip, hip, hourra !

Et tous les habitants de Toqué-les-Nouilles applaudirent dans un tonnerre de cris et de sifflements.

En effet, ils étaient tous venus, tous jusqu'au dernier, à cheval, en charrette et en brouette, pour célébrer le couronnement du jeune Amaury l'exterminateur de dragons.

Bérangère la forgeronne était la plus fière de tous.

– Oooh, me voilà rouge comme de la rouille ! s'exclama-t-elle, radieuse, en courant serrer son fils dans ses bras.

Amaury était si heureux de la voir qu'une larme roula sur sa joue et crépita sur le visage de sa mère.

ET TOUT FINIT BIEN... À MOINS QUE... ?

C'est ainsi qu'un garçon qui avait l'air ordinaire, avec ses jambes maigres, ses cheveux roux et son nez en chipolata, se révéla moins ordinaire que prévu, finalement. Il devint le prince Amaury du château Bidule. Et surtout, il devint un véritable chevalier et se trouva une véritable amie.

Le samedi, Amaury effectuait de bonnes actions pour le roi et, le dimanche après-midi, Aliénor faisait semblant d'être une damoiselle en détresse et Amaury la sauvait.

Un jour, en s'amusant, Amaury découvrit que s'il faisait un vœu puis laissait tomber l'épée de Bardane, son vœu se réalisait – comme si la magie avait besoin d'être un peu secouée pour se réveiller.

– Une épée magique, hein ? marmonna le roi Bidule avec admiration. Drôlement utile pour… euh… pour une… tu sais… une « que-va-t-il-se-passer-maintenant-et-hop-tout-d'un-coup » !

Mais Amaury ne savait pas. Avec un soupir, il tenta de deviner.

– Une partie de cache-cache, Majesté ?

– Non, non ! répondit le roi en gloussant.

Il souleva l'ourlet de son manteau et se mit à galoper en rond dans la cour sur un destrier imaginaire, en agitant frénétiquement l'épée dans les airs.

– Tu sais bien, Amaury… lança-t-il. Le truc hardi et périlleux… avec beaucoup de, euh… de périls…

– Une aventure, vous voulez dire, Majesté ? suggéra Amaury.

– Exactement ! s'écria le roi. C'est la routine pour un prince. Tu es sûr d'en récolter de temps en temps. Aucun problème pour un garçon comme toi.

– Oh là là ! grogna Amaury. Et moi qui croyais que j'aurais droit à une fin heureuse !

Mais moi, je pense que ce n'était pas encore tout à fait le moment pour ça… pas toi ?

TABLE DES MATIÈRES

Angela McAllister est l'auteur d'une cinquantaine de livres pour enfants, qu'elle a parfois également illustrés. Elle est mère de deux enfants qui sont pour elle une source d'inspiration inépuisable. Elle habite avec sa famille à Hampshire, en Angleterre, dans un vieux cottage du XVIe siècle.

Ian Beck allie lui aussi les talents d'auteur et d'illustrateur. Il est notamment très connu pour avoir illustré de nombreux livres de comptines et berceuses anglaises qui lui ont valu plusieurs prix. Il habite Londres avec sa femme et leurs enfants.

La patte du chat, 200

Le problème, 198

Les vaches, 215
de Marcel Aymé
illustrés par Roland
et Claudine Sabatier

AVENTURE

Le meilleur des livres, 421
d'Andrew Clements
illustré par Brian Selznick

Trois enfants chez les géants, 482
de Julia Donaldson
illustré par Axel Scheffler

Le poisson de la chambre 11, 452

Un ange tombé du ciel, 481
de Heather Dyer
illustrés par Peter Bailey

Le poney dans la neige, 175
de Jane Gardam
illustré par William Geldart

Longue vie aux dodos, 230
de Dick King-Smith
illustré par David Parkins

Une marmite pleine d'or, 279
de Dick King-Smith
illustré par William Geldart

Amaury, chevalier malgré lui, 488
d'Angela McAllister
illustré par Ian Beck

L'enlèvement de la bibliothécaire, 189
de Margaret Mahy
illustré par Quentin Blake

L'histoire de la licorne, 479
de Michael Morpurgo
illustré par Gary Blythe

Le lion blanc, 356
de Michael Morpurgo
illustré par Jean-Michel Payet

Le secret de grand-père, 414

Toro ! Toro ! 422
de Michael Morpurgo
illustrés par Michael Foreman

Jour de Chance, 457
de Gillian Rubinstein
illustré par Rozier-Gaudriault

Sadi et le général, 466
de Katia Sabet
illustré par Clément Devaux

Les poules, 294
de John Yeoman
illustré par Quentin Blake

FAMILLE, VIE QUOTIDIENNE

L'invité des CE2, 429
de Jean-Philippe Arrou-Vignod
illustré par Estelle Meyrand

Clément aplati, 196
de Jeff Brown
illustré par Tony Ross

Je t'écris, j'écris, 315
de Geva Caban
illustré par Zina Modiano

Little Lou, 309
de Jean Claverie

J'aime pas la poésie ! 438
de Sharon Creech
illustré par Marie Flusin

Mon petit frère est un génie, 472
de Dick King-Smith
illustré par Judy Brown

Sorcières en colère, 475
de Fanny Joly
illustré par Anne Simon

Danger gros mots, 319
de Claude Gutman
illustré par Pef

Victoire est amoureuse, 449
de Catherine Missonnier
illustré par A.-I. Le Touzé

Histoires de fées, 476
de Moka
illustré par Alice Charbin

Oukélé la télé ? 190
de Susie Morgenstern
illustré par Pef

Nous deux, rue Bleue, 427
de Gérard Pussey
illustré par Philippe Dumas

Le petit humain, 193
d'Alain Serres
illustré par Anne Tonnac

Petit Bloï, 432
de Vincent de Swarte
illustré par Christine Davenier

La chouette qui avait peur du noir, 288
de Jill Tomlinson
illustré par Susan Hellard

Lulu Bouche-Cousue, 425

Ma chère momie, 419

Soirée pyjama, 465

Le site des soucis, 440
de Jacqueline Wilson
illustrés par Nick Sharratt

LES GRANDS AUTEURS POUR ADULTES ÉCRIVENT POUR LES ENFANTS

BLAISE CENDRARS

Petits contes nègres pour les enfants des Blancs, 224
illustré par Jacqueline Duhême

ROALD DAHL

Un amour de tortue, 232

Un conte peut en cacher un autre, 313

Fantastique maître Renard, 174

La girafe, le pélican et moi, 278
illustrés par Quentin Blake

Le doigt magique, 185
illustré par Henri Galeron

Les Minuscules, 289
illustré par Patrick Benson

JEAN GIONO

L'homme qui plantait des arbres, 180
illustré par Willi Glasauer

J.M.G. LE CLÉZIO

Balaabilou, 404
illustré par Georges Lemoine

Voyage au pays des arbres, 187
illustré par Henri Galeron

Une drôle de ministre, 469

Une fabuleuse femme de ménage, 487

de Dominique Demers
illustrés par Tony Ross

Zigotos de zoo

Faim de loup, 453

Trop bavards, 467

de Yves Hughes
illustrés par Joëlle Jolivet

Les chats volants

Les chats volants, 454

Le retour des chats volants, 471

Alexandre et les chats volants, 485

d'Ursula K. Le Guin
illustrés par S. D. Schindler

Akimbo

Akimbo et les éléphants, 474

Akimbo et les crocodiles, 486

d'Alexander McCall Smith
illustrés par Peter Bailey

L'histoire de Sarah la pas belle

Sarah la pas belle, 223

Sarah la pas belle se marie, 354

Le journal de Caleb, 441

Un cadeau pour Cassie, 484

de Patricia MacLachlan
illustrés par Quentin Blake

Les Massacreurs de Dragons

Le nouvel élève, 405

La vengeance du dragon, 407

La caverne maudite, 410

Une princesse pour Wiglaf, 417

Le chevalier Plus-que-Parfait, 442

Il faut sauver messire Lancelot ! 443

Le tournoi des Supercracks, 460

La prophétie de l'an 1000, 470

Dressez votre dragon en 97 leçons, 483

de Kate McMullan
illustrés par Bill Basso

Amandine Malabul

Amandine Malabul sorcière maladroite, 208

Amandine Malabul la sorcière ensorcelée, 305

Amandine Malabul la sorcière a des ennuis, 228

Amandine Malabul la sorcière a peur de l'eau, 318

Amandine Malabul, la sorcière et la fourmi, 478

de Jill Murphy